KB076436

나는 왕평이다

1판 1쇄 인쇄 | 2024년 06월 18일
1판 1쇄 발행 | 2024년 06월 24일

지 은 이 | 이동순
펴 낸 이 | 천봉재
펴 낸 곳 | 일송북

주   소 | 서울시 성북구 성북로 4길 27-19(2층)
전   화 | 02-2299-1290~1
팩   스 | 02-2299-1292
이 메 일 | minato3@hanmail.net
홈페이지 | www.ilsongbook.com
등   록 | 1998. 8. 13(제 303-3030002510020060000049호)

ISBN 978-89-5732-336-6 (03800)
값 14,800원

근대

식민지시대 대중문화운동의 진정한 선구자

나는 양평이다

이동순 지음

얄즌북

너희가 '황성옛터'를 아느냐

나라 잃은 시대, 나는 민족 저항의 노래인 '황성옛터' 한 곡으로 겨레의 영혼에 불을 지폈다. 그 불이 꺼지지 않고 오늘에 이르렀다. 지금 그 불꽃은 꺼졌는가? 여전히 활활 타고 있는가?

- 왕평이 독자에게 -

한국을 만든 인물 500인을 선정하면서

일송북은 한국을 만든 인물 5백 명에 관한 책들(5백 권)의 출간을 기획하여 차례대로 펴내고 있습니다. 이는 긍정적이든 부정적이든 우리 역사에 뚜렷한 족적을 남긴 인물들의 시대와 사회를 살아가는 삶을 들여다보고 반성하며, 지금 우리 시대와 각자의 삶을 더욱 바람직하게 이끌기 위해서입니다. 아울러 한국인의 정체성은 무엇인가를 폭넓고 심도 있게 탐구하는, 출판 사상 최고·최대의 한국 대표 인물 콘텐츠의 보고(寶庫)가 될 것입니다.

한국 인물 500인의 제목은 「나는 누구다」로 통일했습니다. '누구'에는 한 인물의 이름이 들어갑니다. 한 인물의 삶과 시대의 정수를 독자 여러분께 인상적·효율적으로 전할 것입니다. 무엇보다 지금 왜 이 인물을 읽어야 하는가에 충분히 답해 나갈 것입니다.

이번 한국 인물 500인 선정을 위해 일송북에서는 역사, 사회, 문화, 정치, 경제, 국방, 언론, 출판 등 각 분야의 전문가들로 선정위원회를 구성했습니다. 선정위원회에서는 단군시대 너머의 신화와 전설쯤으로 전해오는 아득한 상고대부터, 아직도 우리 기억에 생생한 20세기 최근세까지의 인물들과 그 시대들에 정통한 필자를 선정하고 있습니다.

우리는 지금 최첨단 문명시대를 살고 있습니다. 인터넷으로 실시간 글로벌시대를 살고 있으며 인공지능 AI의 급속한 발달로 인간의 정체성마저 흔들리고 있음을 절감하고 있습니다.

이러한 때일수록 인간의, 한국인의 정체성이 더욱 절실히 요구되고 있습니다. 그 정체성은 개인과 나라의 편협한 개인주의나 국수주의는 물론 아닐 것입니다. 보수와 진보 성향을 아우르는 한국 인물 500인은 해당 인물의 육성으로 인간 개인의 생생한 정체성은 물론 세계와 첨단 문명시대에서도 끈질기게 이끌어나갈 반만년 한국인의 정체성, 그 본질과 뚝심을 들려줄 것입니다.

차 례

3부 식민지 대중문화에 각성을 촉구하다

4부 시련과 오해의 세월

5부 내 마지막 무대가 된 강계극장

에필로그 ··260

식민지 대중문화 운동의 선구자 왕평

우리는 오랫동안 망각 속에 파묻혀 있던 한 위인의 이름을 다시 찾아내어 그를 민족사의 양지로 모셔내려 한다. 그는 1940년, 불과 32세의 나이로 평안북도 강계극장 공연 무대에서 세상을 떠난 왕평(王平) 이응호(李應鎬)다.

그때까지 왕평은 열악한 조건과 식민지의 압제 상황 속에서 크고 빛나는 노력을 펼쳤다. 그의 활동은 주로 대중가요 노랫말 작사, 만담이나 개그 장르와 유사한 스켓취, 혹은 넌센스 장르였다. 이러한 활동을 하기 전부터 왕평은 일찍이 조선배우학교를 통해 연기, 공연 기획과 운영,

악극단 효과와 방법의 발전 등을 깊이 탐구·연마하는 과정을 거쳤다. 이러한 왕평의 모든 활동은 오로지 식민지 대중의 심리적 피로와 고통을 위로하고 격려하며 해소해주려는 일관된 방향 속에서 펼쳐졌다.

불과 20세의 나이로 개성 만월대에서 얻은 비감한 정서를 바탕으로 망국의 서러움과 국권 박탈의 상처를 쓰다듬어주는 노래 '황성(荒城)의 적(跡)'('황성옛터')을 가요시 작품으로 써서 민족의 제단에 헌정했다. 이제 그 작품은 불멸의 민족가요가 되었다. 전수린의 작곡으로 완성된 이 노래가 피로한 겨레의 심신을 얼마나 정성스럽게 쓰다듬고 위로해주었는지 그 막강한 힘과 효과에 대해서 우리는 새삼 눈을 닦고 빛나는 실체를 본다.

이런 측면에서 우리는 왕평 이응호를 식민지 문화운동의 선두주자로 평가하고자 한다. 그 시기에 다수의 대중문화 종사자가 있었지만 왕평만큼 적극적으로 주체적 방향을 모색하며 어떻게 하면 동시대 주민들을 위로하고 격려해 줄 수 있는가에 대하여 고민하고 모색한 전문가는 드물다. 그의 첫 행보가 연극에서 출발하여 스케취, 넌센

스, 신파극, 영화 설명, 영화 출연 등으로 확장되어 가는
데 이러한 경로도 대중의 삶의 질을 항시 배려하는 토대
위에서 펼쳐졌다. 다만 그의 후반기 삶에서 군국주의를
선전하는 영화 한 편에 출연했던 선택은 지울 수 없는 과
오였다. 판단의 일관성이란 측면에서 일정한 혼란이 발
생되기도 했지만 그럼에도 불구하고 우리가 그를 식민지
대중문화 운동의 선구자로 일컫는 데는 부족함이 없다.

결국 그는 대중에게 기쁨과 위로를 직접 전달해주기 위
해 공연단을 이끌고 힘들게 민중 속으로 찾아갔다가 그
무대 현장에서 장렬한 최후를 맞이한다. 한창 일하는 시
기에 안타깝게 죽었으니 그 애석함을 새삼 일러 무엇하겠
는가. 그리하여 우리는 서둘러 떠난 왕평 이응호의 발자
취와 그가 거둔 성과를 다시금 되새겨 읽으며 왕평이 못
다 한 이상과 포부를 실현할 수 있도록 남긴 과제를 찬찬
히 성찰해보고자 한다.

이 책은 왕평 이응호 선생의 생애와 작품을 본인이 직
접 집필한 회고록 형식으로 풀어서 궁리하며 정리하였
다. 독자 여러분은 읽어가면서 문체의 흐름을 따라가며

그 직접적 실감을 더하게 될 것이다. 앞으로 더욱 새로운 자료를 확충 보강해서 본격적 평전을 엮어보려는 계획을 갖고 있다. 고통과 시련 속에서도 언제나 민족의 제단에 웃음과 격려, 위로와 포용으로 동시대인을 다정하게 감싸주려던 그의 삶을 추모하며 선구자의 적막한 무덤 앞에 한잔 술을 바친다.

2024년 월 일

이 동 순

1부

나는 왕평
이응호다

나는 왕평 이응호다

내 이름만 갖고는 나를 친숙히 알아볼 독자가 그리 많지 않을 듯하다. 나는 '민족의 노래'로 일컬어지는 명곡인 '황성옛터'의 작사자다. 이 밖에도 '조선팔경가(朝鮮八景歌)'를 비롯해서 '고도(孤島)의 정한(情恨)' 등 여러 이름난 명곡을 다수 만들었다. 그것만이 아니다. 우리 민족문화사가 힘든 시기였던 1930년대 신파(新派)라는 장르를 개발해서 악극 '항구(港口)의 일야(一夜)'로 극장에 구름처럼 모인 관객을 울렸던 그 작품의 대본을 쓴 작가다. 내 이름은 이응호(李應鎬), 필명 혹은 예명은 왕평(王平)이다. 예명이 본명보다 세상에 더 많이 알려졌다.

나를 소개하기에는 단지 작사자, 악극 대본 집필자만으로는 충분치 않다. 가장 중점을 두어서 활동했던 분야는 대중가요의 노랫말 작사다. 무려 백 편이 훨씬 넘는 작품을 만들어서 음반을 발표했다. 여기에다 두 번째로 특별한 관심을 쏟았던 분야는 신파극, 즉 악극이다.

　이 악극은 20세기 초반 넌센스, 스켓취라는 다른 장르 명칭으로 불리기도 했는데 영화 설명, 혹은 연극 해설 따위로도 불렸다. 내가 직접 대본을 쓰고 그 작품에 당대의 유명한 여러 배우와 함께 출연하기도 했다. 그다음으로 내가 관심을 가진 것은 연극과 영화 작품에 배우로서 직접 출연하는 활동이었다. 나는 그러한 활동을 운동 차원으로 발전시키려 노력했다. 이만하면 나를 20세기 초반 식민지 조선에서 제법 이름깨나 날렸던 대중문화 운동의 선두주자로 말할 수 있으리라.

　하지만 이것으로 모두가 아니다. 나는 일찍이 20세 전후부터 악극단 조선연극사(朝鮮硏劇舍)의 무대 감독으로 총책임을 맡아 가수와 배우들로 구성된 전 단원을 인솔해서 한반도의 남과 북을 두루 다녔다. 심지어 두만강과 압록강을 넘어서 남북만주 일대를 두루 돌아다니기도 했다. 우리 강토의 여기저기에 내 발자국 찍히지 않은 곳이 거의 없다고 해도 과언이 아니다. 이만하면 내 소개가 어느 정도 되었는지 모르겠다.

사실 오랜 역사와 전통을 자랑하던 우리 한국은 제국주의화된 일본에 의해 식민지체제로 전락해버린 뒤로 한반도 주민들의 삶은 오로지 식민 통치자 일본이 이 땅의 주인 노릇을 자처하며 모든 것을 기세등등하게 일본 중심으로 구획·통제하게 되었다. 그들의 목적은 오로지 한반도에서 경제적 이익의 최대치를 구하기 위해 강압적 지배의 방식에 의존했다. 중요한 방향은 경제적 착취, 문화적 동화, 민족의 구심점 해체와 분열 따위였다. 이를 실현하기 위해 조선총독부의 식민 통치 방식은 오로지 헌병과 경찰 제도를 이용하는 것이었고, 이는 민족 전통 및 기존 질서의 파괴와 유린으로 이어졌다.

열악하기 짝이 없었던 환경 속에서 한국인의 식민지 대중문화는 근본이 현저히 손상·왜곡된 형태로 겨우 유지되고 있었다. 한국인의 공동체 문화, 이를테면 마을 두레놀

이와 농악 따위는 일절 금지되었으며, 협률사(協律社), 원각사(圓覺社) 등의 공연장이 설치되면서 그 나름대로 전통적 음률과 창, 가무 등속을 무대 위에서 제한적 규모로 공연할 수 있었다. 이후로는 일본인 극장을 모방하여 만든 단성사(團成社), 장안사(長安社), 연흥사(演興社) 등이 잇따라 설립되어 연극과 영화를 무대에 올리게 되었다.

이제 내 출생과 가족사를 들려드리고자 한다.

나는 1908년 3월 15일, 경북 영천시 영천읍 성내동 56번지에서 태어났다. 내 아버지는 동암(東庵) 이권조(李權祚: 1885~1971) 선생이고, 어머니는 김침동(金砧洞: 1888~1913) 여사다. 두 분은 아들 넷을 두었는데, 나는 그 둘째로 태어났다. 내 위로는 맏형 응락(應洛)이 1904년에 태어나 네 살이었다. 1913년 10월 25일, 어머니 김침동 여사가 세상을 뜨신 후 아버지는 새로 정선이(鄭先伊) 여사를 만나 아들 하나를 낳았고, 이후 김안동(金安東) 여사와 다시 재혼해서 3남 2녀를 낳았다.

내가 태어난 1908년은 융희 2년이다. 국운이 기울고 나라가 망하기 직전의 슬픈 조짐이 보이던 시절이다. 전국에서 의병이 봉기했으며, 서울에 설치된 통감부를 등에 업은 일본 군경들이 전국을 장악해서 민심을 공포 분위기로 몰아넣던 때였다. 일제가 한반도를 완전히 손아귀에 넣으려는 흉계를 노골적으로 드러내면서 서울에 동양척식회사를 당당히 설립한 해이기도 하다. 그러니까 나는 나라의 운명이 몹시도 아슬아슬한 때에 태어난 것이다.

모든 자료에서 내 이름이 왕평으로 알려져 있지만 실제 본명은 이응호(李應鎬), 아명은 두희(斗熙)로 불리기도 했다. 부친 이권조 선생은 영천 이씨 가문의 지역 토호(土豪)로서 천석꾼이란 말을 들을 정도로 부유한 살림을 이루셨다. 당신께서는 한학에 조예가 깊었고, 영남 북부 지역 한학자들과의 교유가 잦았다. 내 아우 응린은 내가 어릴 때 글씨를 쓰시는 아버지를 위해 사랑방에서 자주 먹을 간 것으로 기억한다.

어머니 김침동 여사는 1918년 넷째 아들 응진(應塡)을 낳으신 뒤로 병을 얻어 줄곧 앓으시다가 그해에 세상을 뜨셨다. 당시 어머니의 나이는 불과 25세, 지금으로 치면

한창 꽃다운 나이였다. 당시 내 나이는 아직 철부지를 면
치 못한 여섯 살이었다.

　아버지는 1971년, 여든여섯의 연세로 작고하셨으니 어
머니의 못다 산 여생까지 대신 사신 듯하다. 내 나이 6세
때인 1914년 아버지는 김안동 여사를 새 아내를 맞아 재
혼하셨다. 1917년, 나는 영천보통학교에 입학했다. 아버
지께서는 이 무렵 여러 가지 힘든 생각을 하셨던 것으로
짐작된다. 아버지께서는 틈날 때마다 나를 사랑채로 불
러들여 『천자문』, 『동몽선습』, 『통감』 등의 한문책을 읽게
하셨다. 뿐만 아니라 아버지가 어디서 부탁을 받아 현판
의 글씨나 족자를 쓸 때 옆에서 먹을 갈아대는 일을 자주
시키셨다. 때로는 직접 글씨를 가르치기도 하셨는데 그
덕분으로 나는 마을 주변에서 명필의 재주가 있다고 자
주 칭찬을 들었다. 집안의 족보와 관련된 글씨와 비문까
지도 나에게 쓰도록 이르셔서 여러 손님이 보시는 앞에
서 잔뜩 긴장된 자세로 숨을 멈추고 글씨 쓰기에 몰두했
던 기억도 있다.

　요즘 말로 하면 나는 그 무렵 사춘기를 겪었을 것이다.

새어머니의 말씀에 철없이 반항하고 때로는 불편한 반발을 자아내기도 했으리라. 이런 일이 몇 차례 반복되자 아버지께서는 기어이 힘든 결정을 내리셨다. 나를 유학 보낸다는 명분으로 서울의 친척집에 보내게 된 것이다. 나는 영문도 모른 채 단지 고향을 떠난다는 사실만으로도 괜히 신명이 나고 흥분했다. 나는 그렇게 고향집을 떠나게 되었다. 그게 내 나이 14세 때의 일이다.

서울에서 도쿄로, 다시 서울로

지금도 어렴풋이 떠오르는 것은 영천 고향집 마당의 감나무 잎이 시들어 마당에 뚝뚝 떨어지고 첫 서리가 내리던 상강 무렵의 풍경들이다. 나는 아버지를 따라 영천에서 버스를 타고 대구를 거쳐 열차에 몸을 싣고 서울로 올라갔다. 서울에는 당숙 어른이 계셔서 우선 찾아뵙자마자 큰절부터 드렸다. 아버지는 나를 그날부터 거기 머물게 하고 혼자 영천으로 내려가셨다. 그게 1923년 늦가을의 일이다.

이듬해인 1923년 봄, 그냥 서울에 머물 수는 없었다. 한창 배워야 할 15세의 나이라 이런저런 탐구심도 많았지만 시골에서 올라온 내가 마땅히 들어갈 만한 학교가 없었다. 이렇게 저렇게 여러 군데 수소문해서 드디어 내가 입학하게 된 곳은 배재중학이다. 멋진 교복을 입고 가방을 든 채 잔뜩 우쭐대며 등교하는 내 모습이 스스로 생각해도 자랑스러울 수가 없었다.

고향을 떠난 뒤로 자주 영천 생각이 떠올랐다. 하지만 사랑하는 어머니도 계시지 않는 걸 생각하면 울음이 터질 때가 있었다. 어머니가 몹시도 그리울 때면 혼자 조용히 시를 써보기도 했다. 방학이 되면 어머니 산소에 가려고 서둘러 고향 영천으로 내려갔다.

당시 아버님께서는 전답을 다수 소유한 지주인데도 놀랍게도 반일 사상을 가졌다. 대개 당시의 지주들이란 자신의 기득권을 지키려고 일제 식민 통치 권력과 야합하는 사례가 많았는데 아버지의 경우는 특별했다. 아버지는 영천에서 줄곧 반일 사상을 가진 요주의 인물로 지목되어 수시로 지역 경찰의 감시와 조사를 받았다. 이것이 귀찮고 불편해지신 부친은 기어이 살림을 정리해서 거처를 경북 청송으로 과감하게 옮겼다.

그곳이 어디냐 하면 경북 청송군 파천면의 깊은 골짜기

수정사(水晶寺)라는 사찰의 입구였다. 그 무렵 내가 서울에서 방학 때 내려가는 곳은 영천이 아니라 아버지와 아우들이 살고 있는 청송 파천이었다. 그로부터 영천의 어머니 묘소에는 자주 가지 못하였다. 이것이 늘 마음에 걸렸다. 청송을 내려갔다가도 마치 누가 기다리기라도 하는 듯 서울로 서둘러 올라오곤 했다. 배재중학을 다니던 어느 날, 나는 호기심이 발동했고 뜬금없이 일본이라는 나라가 몹시 궁금했다. 그래서 아르바이트로 틈틈이 돈을 모아 영천 본가에 알리지도 않고 아무런 계획도 없이 단신으로 현해탄을 건넜다. 그것이 1924년 봄이다.

일본의 도쿄를 두루 헤매고 다니다가 날이 저물었다. 당시 도쿄의 분위기는 삼엄하고 살벌했다. 그해 1월, 한국인 김지섭이 도쿄의 이중교(二重橋)에 폭탄을 던져서 폭파를 시도하다가 체포되었다는 소문이 들렸다. 어느 잡화상점의 앞을 지나는데 문득 점원을 구한다는 구인 광고를 보았다. 거기 들어가서 주인과 면담했는데, 배재중학에서 익힌 일본어로 대화를 하는 데에는 큰 불편이 없었다. 주인이 다행히 나에게 호감을 가진 덕분에 그날부

터 상점의 일꾼으로 잡일을 하게 되었다. 그 일본인 사장의 이름은 츠쿠니 후사키치(津國房吉). 주인에게는 시즈코(靜子)란 이름을 가진 넷째 딸이 있었다. 우리 둘은 나이가 비슷해 곧 친해졌다. 시즈코와 둘이 손잡고 어울려 특히 무성영화를 상연하는 도쿄시대의 극장이나 공연장을 자주 다녔다. 시즈코와 나는 흉허물 없는 친구로 어울려 그냥 가깝게 지냈을 뿐 이성으로서의 어떤 특별한 감정은 전혀 갖지 않았다. 특히 일본의 만담 형식 공연인 만단(まんだん)을 보면서 시즈코와 나는 가슴에 쏙쏙 와닿는 즐거움을 맛보았다. 여러 사람의 대화로 엮어가는 만자이(萬才) 공연이 무척 재미있었다. 만단은 일본의 이야기로 엮어가는 전통 희극이다. 만자이 공연은 서서 진행하는 코미디라고 할 수 있겠다.

이렇게 세월은 흘러갔다. 이 시기 일본에서의 생활은 이후 나의 활동에 크게 영향을 끼친 듯하다. 내가 그로부터 한참 세월이 지나 악극단 무대 공연을 할 때나 음반 발매 활동을 펼쳐갈 때 일본에서의 이런 체험들이 크게 도움을 주었고, 어떤 착상에 힌트를 주지 않았나 생각한다.

나는 얼마 뒤 서울로 되돌아와 배재중학에 복학했다. 시즈코에게도 내 속을 드러내지 않은 채 돌연히 귀국한 것이다. 뜬금없이 시작된 나의 일본 생활은 모두 합해도 2년이 채 되지 않는다. 그러나 일본에서 겪은 새로운 문화의 충격과 영향은 몹시 컸었다. 배재중학 졸업을 앞둔 1925년 가을, 내 나이는 어느덧 열일곱을 지나가고 있었다. 나는 졸업 후의 장래 진로 때문에 깊게 고민하고 있었다. 여러 가지로 근심걱정이 많던 시절이었다. 그동안 머물러오던 당숙 어른의 댁에서도 이젠 눈치가 보여서 더 이상 지내기가 어려웠다. 이젠 살 궁리를 혼자서 찾아내고 결정해야 했다. 이런저런 방안을 모색하며 신문과 잡지를 뒤적이다가 혹시 내 삶에 어떤 새로운 획기적인 출구가 없을까 막연히 두리번거렸다.

'이제는 나이가 스물에 가까우니 내 삶의 진로와 방편을 스스로 찾아서 헤쳐가야만 한다.'는 생각이 들었다. 그래서 내가 어렵게 찾아낸 것은 학비가 없이도 배움을 계속할 수 있는 그런 교육기관이었다. 다행히 그런 곳이 하나 나타났으니 거기가 바로 조선배우학교(朝鮮俳優學校)

였다.

조선배우학교에 입학하다

1925년 겨울, 매일신보의 광고란에는 조선배우학교 생도 모집 안내문이 실렸다. 나는 다른 그 어떤 기사보다도 그 광고 기사가 눈에 커다랗게 들어왔다. 그곳은 연극계의 기린아였던 현철(玄哲, 본명 현희운, 1891~1965) 선생이 세운 한국 최초의 연기자 훈련 강습소로 건립된 배움터다. 여기서 현철 선생의 이력에 대해 살펴보자.

현철 교장은 부산 출생으로 한국문학사에서 유명한 소설가 현진건(玄鎭健, 1900~1943) 선생의 당숙이다. 14세 때인 1904년에 일본으로 건너가 공부하다가 중퇴하고 돌아와 경성고보를 졸업했다. 이후 다시 뜻을 지니고 일본으로 건너가 도쿄의 세이소쿠 영어학교와 메이지대학 법과에서 공부하던 중 신극 운동에 관심을 가지고 연극에 몰두하게 되었다. 그는 1913년부터 5년 동안 게이쥬츠자 및 부속학교에서 연극을 공부했다. 이후 선생은 조선의 연극을 발전시켜야겠다는 웅대한 포부를 갖고 1917년 중국 상하이로 건너갔다. 거기서 소규모의 연극학교를 잠시 운영하다가 기미년(1919년) 독립만세운동이 일어난 후에 귀국했다.

하지만 현 선생이 문을 열었다는 조선배우학교에 막상 가서 보니 말이 학교이지 아주 작은 2층집의 작은 방이었다. 어쨌거나 현 선생의 이 학교의 교육 목표는 연극배우, 영화배우 가극배우가 될 사람의 기예를 가르치는 것이다. 소액에 지나지 않는 입학금만 내며 월사금은 모두 무료였으니 학습자들에겐 대단한 혜택이었다.

나는 1926년, 조선배우학교의 제1기생으로 입학해서 모든 과정을 이수하고 6개월 만에 졸업했다. 밀도 있게 공부하는 단기 코스였다. 모든 공부가 그야말로 몸이 떨리고 의욕이 솟구치는 맞춤학습을 경험하는 과정이었다. 조선배우학교에 입학한 나의 동기생들로는 정화영(鄭華

永), 이금룡(李錦龍), 김규환(金奎煥), 이경설(李景雪), 방평산(方平山), 이한용(李漢鎔), 김점석(金點石), 정감룡(鄭甘龍), 손기찬(孫基燦), 김아부, 박제행(朴齊行), 서월영(徐月影), 정암(鄭巖, 鄭鍾元) 등이다. 우리에게 친숙한 배우 복혜숙(卜惠淑)과 양백명(梁白明)도 함께 입학했는데 그들은 개인적인 사유로 중간에 학업을 중단했다.

나는 조선배우학교를 다니며 터득한 학습과 경험의 내용은 나에게 무척 소중하였다고 자평한다. 지난 시절을 돌이켜 보면 내 기질과 성정 속에 이러한 대중예술적 소양과 가능성이 잠재하고 있었다는 것이 참으로 놀랍다, 그것을 알게 된 것만으로도 큰 성과다.

조선배우학교가 아니었더라면 내가 어찌 대중예술가 왕평으로서의 입지(立志)를 다질 수 있었으랴. 나의 활동과 생애에서 살아 꿈틀거리는 일종의 대중예술적 '끼'라고 하는 것은 오로지 조선배우학교 시절에 활활 타올랐던 경험의 축적이었고, 그로부터 피어난 개화(開花)였음에 틀림없다.

내 나이 19세에 지은 노래 '황성옛터'

1927년은 내 나이 열아홉 되던 해이다. 나는 극단 취성좌(聚星座)의 멤버로 호출되어 틈틈이 공연에 참가했다. 연극과 만담 등 다양한 장르의 공연 무대에 참가해서 내 나름대로 경험을 쌓았다. 바로 그해 가을 취성좌가 해체되고 곧바로 악극단 조선연극사(朝鮮硏劇舍)가 결성되었을 때 나는 그 조직의 단원으로 들어갔다. 지두환(池斗煥) 선생이 단장이었다. 처음엔 평범한 단원에 불과했으나 차츰 인정을 받아 전체 공연을 책임지고 운영하는 무대 감독으로 임명되었다.

그야말로 약관의 나이로 조선연극사 공연 감독을 도맡았으니 이것도 놀라운 일이었다. 악극단 단체의 프로그

램 선정과 연습, 배역 설정, 순회 공연 일정의 총괄 등 맹렬한 활동에 돌입했다. 지두환 단장은 내 활동과 포부를 전적으로 후원하고 지지했다. 아주 부지런히 순회 공연을 다녔고, 다녀온 직후에도 쉬지 않고 곧장 북선(北鮮) 공연을 떠났던 것이다.

그러한 9월 어느 날, 함경도 일대를 돌아서 평안도를 거쳐 황해도로 접어들어 배천(白川)에서 공연의 막을 올렸다. 잔뜩 성과를 기대하고 공연장을 설치했는데 하필 늦장마가 여러 날 이어지고 태풍까지 휘몰아쳤다. 여러 날 관객이 없으니 수입이 없고, 전체 단원은 끼니조차 굶게 된다. 나는 몹시 지친 상태로 풀이 꺾여서 연주단장 전수린(全壽麟, 1907~1984)에게 오늘 공연을 쉬자고 먼저 제의했다. 그와 나는 갑장이다. 단원들에게 휴식 시간을 주고 우리도 개성에 가서 바람이나 쐬고 오자는 제의를 했다. 개성은 전수린의 고향이니 우선 그가 반색했다.

송악산 자락의 만월대는 평소 내가 그리도 궁금하던 곳이다. 멸망한 고려왕조의 궁궐이지 않는가. 어떤 슬픔이 서려 있을 듯하였다. 신문이나 잡지의 사진에서 간혹 보던 그 만월대가 나는 그렇게도 가보고 싶었다. 그래서 전수린을 재촉해 그곳을 다니러 오게 된 것이다. 우리가 도착했을 때는 이미 어둠이 주변에 깔리기 시작할 무렵, 인적 없는 만월대는 몹시도 을씨년스러웠다. 무서울 정도로 적료하고 온천지에 풀벌레 소리만 가득했다.

폐허에 웃자란 잡초만 더부룩 우거져 스산한 가을바람에 흔들리고 있을 뿐이었다. 나는 만월대 돌계단에 전수린과 마주 앉은 후 온 소주를 큰 잔에 그득 부어서 단숨에 들이켰다. 빈속에 식도를 타고 흘러내리는 소주의 느낌이 그대로 전해져 왔다. 조국의 주권은 일제에 빼앗겨 유린당하고 남의 나라 객(客)이 들어와 이 땅의 주인 행세를 하니 그야말로 주객전도였다. 만월대 돌계단에 멍하게 앉았는데 그런 슬픔과 비애가 삽시에 온몸을 휘감아 곧 눈물이 쏟아질 듯 처연하기 그지없었다. 우리는 마주 앉아 말없이 연이어 술잔만 들이키는데 돌연 전수린이 일어나더니 갖고 온 바이올린을 들어 즉흥곡을 연주하는 것이 아닌가.

초저녁 반달이 반공중에 처량한 모습으로 둥실 떠 있는

데 전수린의 가늘게 흐느끼는 듯한 슬픈 곡조는 만월대의 저녁을 비감하게 적셨다. 하늘의 달을 쳐다보다가 이내 고개를 숙인 내 코끝으로 저절로 구슬 같은 눈물이 방울방울 떨어져 내렸다. 그렇게 우리는 만월대의 밤을 온몸으로 느끼며 한참 동안 앉아 있었다. 달리 무슨 말이 필요한가. 이윽고 밤이 깊어지고 우리는 몸에 한기가 와서 앉았던 자리를 일어났다. 다시 밤길을 달려 늦은 밤에 배천여숙(旅宿)으로 되돌아왔다.

그런데 이게 웬일인가. 밤은 깊어 가는데 잠이 오지 않았다. 시간이 갈수록 정신은 또렷하게 맑아졌다. 나는 체면 불고하고 전수린에게 보채었다. 만월대에서 들려준 곡을 다시 한번 들려달라고 청했다. 전수린은 두말하지 않고 이부자리에서 일어나더니 바이올린의 활대를 잡았다. 기막힌 음률이 방안을 가득 채웠다. 나는 무엇에 홀린 듯 후다닥 일어서서 종이와 붓을 갖고 와 여관집 방바닥에 엎드린 채 한 편의 시를 써내려가기 시작했다.

황성옛터에 밤이 되니 월색만 고요해

폐허에 서린 회포를 말하여 주노라

아 외로운 저 나그네 홀로이 잠 못 이뤄

구슬픈 버레 소래에 말없이 눈물져요

     - 이애리수의 노래 '황성의 적' 1절

 내가 쓴 시작품 속에는 만월대의 비감한 정서, 벌레 소리, 멸망한 고려왕조의 슬픔, 일제에주권을 강탈당한 현실의 처지 따위가 모두 다 들어있다. 내가 내미는 원고를 전수린이 읽어보더니 곡조와 너무 잘 맞는 것 같다며 칭찬했다. 나는 그 말에 신바람이 솟아서 단숨에 2절까지 노랫말을 썼고, 몇 차례나 반복해서 고치며 다듬었다. 이른 새벽에 다시 일어나 3절 가사를 새로 보태었다. 이렇게 해서 완성된 노래가 바로 '황성(荒城)의 적(跡)', 즉 '황성옛터'다.

 나는 이 노래의 악보를 맨 처음 우리 조선연극사의 단원인 신일선(申一仙, 1912~1990)에게 주어서 연습하도록 일렀다. 그는 우리 악극단의 막간 가수(幕間歌手)다. 막간 가수란 악극단에서 공연하는 연극의 막과 막 사이의 빈 공백을 메워주는 가수를 말한다. 그런데 개성 출신의 여배우 이애리수(李愛利秀, 1910~2009)가 신일선보다도 더 또랑또랑한 목청을 가졌다. 그래서 이애리수에게 부르게 했는데 청중의 반응이 뜨겁고 놀라웠다.

관객은 이후에 펼쳐질 연극 공연에는 아예 관심을 접고 이애리수의 이 노래만 자꾸 앙코르를 요청했다. 무려 아홉 번까지 요구가 이어지게 되자 내가 나서서 이를 제지하고 이후 남은 연극을 겨우 마친 적도 있다. 연극사 무대에서 이애리수가 부르는 노래가 특별하다는 입소문은 금방 바람결에 퍼져나갔다. 서울 단성사에서 다급하게 요청해 와서 마침내 그녀를 단성사로 떠나보낼 수밖에 없었다.

이애리수는 단성사에서 인기곡 '황성의 적'만 연속해서 부르는 단골 가수가 되어버린 것이다. 청순한 미인 가수 이애리수는 2절을 부르다가 감정에 북받쳐 흐느껴 울면서 옷소매로 눈물을 닦았다. 그 광경을 보면서 극장을 가득 채운 청중은 너나없이 옷소매로 눈물을 닦으며 남은 소절을 합창했다. 누가 시킨 것도 아니었지만 입에서 입으로 번진 이 노래는 말 그대로 민족의 노래, 아니 '조선의 세레나데'가 되어 가슴에서 가슴으로 파도쳐갔던 것이다. 관중들은 그녀의 소문난 이 노래를 들어보려고 구름처럼 모여들어서 인산인해를 이루었다. 단성사 앞의 군중이 워낙 많아서 일본인 기마 순사가 동원되어 인파를 정리했다고 한다. 이로써 점점 대중적 유행을 타고 일본인들조차 '조선 세레나데'라 일컬으며 거리에서 이 노래를 부르고 다닐 정도였다. 이렇게 반응이 뜨거워지자 서울의 빅타레코드사에서는 1932년 드디어 49125번 정식 음반으로 제작해서 시중에 발매했다. 이 음반은 인기곡이 되어 날개 돋친 듯 팔려나갔다. 그야말로 공전의 히트였다. 나, 왕평이 조선연극사의 무대 감독 신분으로 한반도 전역을 두루 돌아다니며 공연을 하던 중에 1928년도 어느덧 저물어가고 있었다. 당시 내 나이는 꽉 찬 스물이었다.

폴리돌 레코드사의 문예부장이 되다

조선연극사는 매월 1회씩 단성사에서 정기 공연을 한 다고 했지만 이경설, 이애리수가 영화와 가요 활동 등으로 은퇴한 뒤부터 1930년 5~7월 석 달 동안에는 아예 공연을 하지 않았다. 그러다가 그해 8월부터 연말까지 다시 하계 장기 흥행을 시작하다가 그마저도 흐지부지되었다.

이 무렵 서울의 대표적 레코드 회사인 폴리돌레코드에서 만나자는 연락이 왔다. 약속 장소인 종로의 어느 다방으로 갔더니 뜻밖에도 조선배우학교의 동기생인 이경설이 반색을 하며 맞아준다. 그리고 함께 앉은 사람은 일본의 폴리돌 회사 상무인 이께다(池田) 씨였다. 분위기가 무르익자 이께다 씨가 먼저 말문을 열었다.

"사실은 우리 폴리돌이 서울에서 본격적으로 활동하려고 하는데 마땅한 책임자가 없었답니다. 그래서 제가 친하게 지내던 이경설 씨에게 회사 문예부장을 맡아달라고 부탁했더니 뜻밖에도 왕평 선생 얘기를 했습니다. 경설 씨는 당신과 함께 일할 수 있도록 해준다면 기꺼이 수락하겠다고 하는데 오늘 당신 의중이 어떤지 물어보려고 이 자리를 마련했습니다."

전혀 예상치 못한 일이었다. 사실 이경설로 말할 것 같으면 회사 경영보다도 배우 활동에 더욱 큰 열정을 가진 벗이었다. 그가 이런 제의를 받고 나를 먼저 떠올린 것은 참으로 고마운 일이었다. 내가 이경설에게 특별히 베풀어준 게 별반 없는 데도 그는 내가 조선악극단을 이끌고 활동하는 경력을 미덥게 여긴 것임에 틀림없다. 나는 그날 그 자리에서 이께다 씨의 제의를 흔쾌히 수락했다. 이경설과 의논해서 폴리돌 레코드를 여러 레코드 회사 가운데 우뚝한 상위 수준으로 올려놓겠다는 약속도 했다. 사실 그날 이후 이경설과 나, 그리고 평소에 몹시 가깝게 지내던 벗 김용환. 이렇게 셋은 어딜 가나 함께 다니는 동지적 관계로 결속되었다.

원래 일본 폴리돌축음기상회는 1927년 5월, 도쿄에서 설립되었다. 정규음반은 1932년 9월부터 1938년 8월까지 약 6년간 제작·발매가 지속되었다. 당시 폴리돌레코드사는 현재의 서울 을지로 2가에서 문을 열었는데, 그 2년 뒤에 본사 직영체제로 바뀌면서 현재의 충무로 2가 쪽에다 지점을 설치하였다. 서울 지사장은 폴리돌레코드 일본 본사에 근무하던 한국인 직원 중에서 다마키(玉木)란 사람이 발탁되어 취임하였다.

내가 폴리돌레코드 문예부장으로 일하게 되면서 다정한 벗 이경설과 김용환으로부터 적극적 후원을 받았음은 물론이다. 함께 공동 문예부장직을 맡았던 이경설은 그 무렵 건강이 대단히 악화되어 있었다. 기침을 너무도 자주 해서 걱정이 된 나머지 병원에서 진찰을 받았는데 고질적인 가슴 병이 있다는 것을 알게 되었다. 상당히 진행된 만성 결핵이었다. 제대로 먹지도 못한 채 영화 촬영 때문에 무리한 일정으로 시달리니 어찌 병이 나지 않겠는가. 조금만 과로해도 쉽게 지치고 쓰러지기 직전의 창백

한 얼굴이 되었다. 그 때문에 폴리돌레코드사의 업무는 내가 전담하게 되었다. 용환과 나는 경설의 건강을 몹시 걱정했지만 시시각각 몸이 나빠지는 것이 느껴졌다. 당시 명함에 새겨진 내 실질적 직함은 폴리돌레코드사 문예부장이었는데 이 자격으로 서울의 여러 모임이나 좌담회, 잡지사가 초청하는 각종 행사에 수시로 불려 다녔다.

1930년 10월 1일 폴리돌레코드사가 주관하는 커다란 무대 공연이 평양의 백선행기념관(白善行紀念館)과 금천대좌(金千代座)에서 열렸다. 내가 평양 공연의 모든 기획과 운영을 주관했다. 조선중앙일보에 이 내용이 크게 보도되었다.

악도(樂都) 평양의 호화판
본보 평양지국 주최 후원하 4대 음악회 개최,
김이 양씨 독창회와 연주대회, 예술 10월의 현란

평양 공연을 채 마치기도 전에 가까운 진남포에서 또 초청이 왔으니 우리 폴리돌사로서는 즐거운 비명을 올리지 않을 수 없었다. 그날 무려 7백 명 이상의 관중이 밀려들었고, 뜨거운 요청을 받고 공연은 4시간 가까이 진행되었다. 이 공연으로 폴리돌레코드사의 명성은 하루아침에 반석 같이 자리를 잡았고, 서울 장안의 빅타, 콜럼비아 등 여러 대표적인 회사와 함께 어깨를 나란히 하며 음반 제작과 발매에 몰두할 수 있는 안정적 토대가 마련되었다. 폴리돌 본사에서는 이 소식을 듣고 몹시 기뻐했다.

그 무렵 나는 빅타레코드에서 여러 장의 음반을 발표했다. 1932년은 내 나이가 스물넷 되던 해다. 내 예명인 왕평을 달고 최초로 발표된 음반은 유행가 '님 그리워 타는 가슴'이다. 이 음반은 1932년 3월, 빅타레코드 49122번으로 발매되었다. 바로 같은 달, 서정소곡 '황성(荒城)의 적(跡)'이 역시 빅타에서 발매되어 커다란 화제를 뿌렸다. 이 노래는 제목이 어렵다는 이유로 이후 곡명이 '황성옛터'로 바뀌었다. 가사의 첫 대목이 제목으로 바뀐 경우는 허다하다. 같은 음반에 '이국(異國)의 하늘'도 함께 발표했다. 바로 그러한 시기에 나에게 폴리돌 문예부장 자리에 대한 제의가 왔다. 그로부터 여러 음반을 잇달아 제작하게 되는데 내 일터 폴리돌에서 발표한 나의 첫 음반은 민요 '방아타령'이다. 이 노래는 신민요 작품으로 이경설이 가창(歌唱)을 맡았다. 음반 번호는 19024번이다.

엣다 좋구나 시들은 이 땅에 동풍이 부니
가지마다 새싹이요 송이송이 꽃이 피니
그립던 봄철은 돌아를 온다
에헤 에헤야 에헤야 에헤야 에헤야 좋다
에헤야 에헤야 에헤야 에라 우겨라 방아로구나
눈물을 씻으라 일어를 나서
괭이 메고 에헤라 일터로 막 뛰어가자

지금 다시 읽어보니 너무 고풍스럽고 어딘지 어설프다는 느낌이 들 뿐만 아니라 세련된 맛이 부족하다. 하지만 나는 우리 겨레가 언제나 즐겨 부르는 노래를 떠올리며 그 주체적 저력이 크게 약화된 시기에 이런 노래를 우리가 많이 불러야 한다는 생각으로 이 작품을 만들었다. 이 노래의 서두에서 '엣다 좋구나 시들은 이 땅에 동풍이 부니'라는 대목과 '눈물을 씻츠라 일어를 나서 괭이 메고 에 헤야 일터로 막 뛰어가자'라는 대목은 내가 지금 읽어도 예사롭지 않다. 당시 나는 민요 형식의 전개 과정을 통해 이른바 정치적 비유를 슬쩍 얹어 넣었던 것이다. 사실 그 때만 하더라도 '시들은 이 땅'과 같은 표현은 위험천만하 기 짝이 없었다. 그것이 식민지 조선을 가리키는 내용임 을 일제가 왜 모를 터인가. 그 땅을 시들게 한 책임 주체가 일본이라는 사실을 곧바로 알아채게 했으니 이는 상당히 도를 넘은 표현이었다. 그러한 시들은 땅 식민지 조선에 동풍이 불어간다고 했으니 나로서는 대단히 무모할 정도 로 용감한 표현이었다. 동풍이란 부활의 바람, 생명의 기 운을 상징하는 것이 아니던가.

나는 폴리돌에서 여러 노래의 가사를 발표했는데 그때 마다 다양한 필명을 번갈아가며 썼다. 내가 폴리돌레코 드에서 즐겨 썼던 필명은 모두 17개다. 이 외에도 추가될 수가 있지만 나도 워낙 어렴풋한 옛 기억이라 일일이 다 기억해내지 못한다. 그 필명들로는 왕평 이외에도 편월(片月), 이호(李鎬), 이백수(李白水), 이대객(李大客), 이원

형(李元亨), 이인(李仁), 이소백(李素白), 이상투(李相鬪), 이해암(李海巖), 청천(靑天), 남강월(南江月), 남풍월(南風月), 일지영(一枝影), 주대명(朱大明), 추야월(秋夜月) 등을 들 수 있다. 편월은 조각달이고, 이호는 이응호를 줄인 이름이다. 다른 필명들은 그때마다 즉흥적으로 쓴 내 심경의 반영이라 할 수 있다. 이렇게 번잡한 필명을 쓰는 까닭은 한 가지 필명만 쓸 때의 단조로움을 피하기 위해서가 가장 큰 이유다. 청년기의 어떤 멋 부림도 다소 작용했을지 모른다. 객기를 부리는 모습이기도 했으리라.

풍자와 수난의 세월

내 나이 스물다섯이 되던 1933년 정월, 극 '총각과 처녀'(상하, 폴리돌 19030) 음반이 나왔다. 이 음반에서 나는 이경설, 김용환 등 내 벗들과 함께 출연해서 열연했다. 모두 타고난 배우로서의 '끼'가 강한 친구들이다.
1933년은 나에게 그리 즐거운 시간이 아니었다. 내가 집필해 만든 음반 '국경애곡(國境哀曲)'이 경찰에 치안방해로 압수되었고, 나는 종로경찰서 고등계로 소환당했다. 왜 하필 국경을 다루었느냐, 그 국경을 슬픔과 연결한 까닭과 배경이 무엇이냐 등등 온갖 문초와 추궁이 여러 날 동안 이어졌다. 잠조차 제대로 재우지 않았다. 이루 상상할 수 없는 고초까지 겪었는데 그것이 어떤 것인지 내가 여기서 굳이 밝히고 싶지는 않다. 그것은 남자의 자존심과 관련된 참으로 비루한 문제이기 때문이다. 내가 쓴 원고 때문에 경찰서에 잡혀간 내용이 신문에 기사로 보도가 되었다. 나는 작가로서, 이경설은 가수로 노래를 불렀다는 이유로 끌려가 크게 고초를 겪었다. 경설은 그러지 않아도 바싹 마른 폐병 환자가 이런 고초를 겪은 뒤로 건강이 더욱 나빠졌다. 나는 조선배우학교의 동기생인 이경설에게 정말 미안하고 면목이 없다. 아마 그 일 때문에 경설의 수명이 훨씬 단축되었을지도 모른다. 그해 1월 23일 자 매일신보 기사는 그 사정을 다음과 같이 보도하고 있다.

이경설 양이 취입한 '국경애곡' 압수
부내 종로서 고등계에서는 지난 21일 포리도루 축음기 회사 관계자를 소환하야 엄중한 설유(說諭)를 한 후 돌려보내고 '국경애곡'이라는 레코드 여러 장을 압수하얏는데 동 레코드는 이경설 양과 왕평 군이 취입한 것으로 그 가사가 불온하다는 것으로 즉시 발매 금지 처분을 하였다고 한다.

　1933년 3월에 나는 스켓취 음반 '도회의 밤거리'(상하, 폴리돌 19046)의 대본을 쓰고 이경설, 김용환과 함께 우리 셋 트리오가 공동 출연하는 음반을 만들었다. 사실 내가 이 대본을 쓰게 된 데에는 지난번 '국경애곡' 사건 때문에 고초를 겪은 경설에 대한 미안한 마음도 있었고, 또 우리를 터무니없이 호출해서 닦달했던 종로경찰서 고등계 놈들에 대한 일종의 분풀이 같은 마음도 없지 않았다. 표면적 내용으로 보면 그저 소통되지 않는 부부의 대화로 건정건정 엮어서 진행되고 있지만 여기엔 번한 사실을 자꾸 왜곡하고 일부러 변조해서 불편하게 이끌어가려는 식민지 경찰 당국자들의 횡포와 만행에 대한 내 나름대로의 저항 의식이 담겨 있다.

　변질과 타락으로 떨어지는 세상에 대한 비판을 담았고, 겉으론 조선 사람을 위하는 척하지만 실질적으로는 그들의 이익을 위해 감시와 억압의 통치 방식을 교묘히 펼치는 제국주의 통치에 대한 은근한 냉소와 풍자를 담고 있었던 것이다. 삽입 가요의 노랫말에도 '길거리 담 밑의 주린 얼굴'을 담았으니 나로서는 '국경애곡' 때문에 당했던 고초에 대한 상당한 저항을 표출한 셈이다.

아마도 그런 이유들 때문인가. 바로 그해인 1933년 5월 22일에 일제는 우리처럼 대중문화 운동을 하는 사람들에게 무서운 철퇴를 내리는 것과 같은 공포의 법령을 제정·공포했다. '축음기 레코오드 취체(取締) 규칙 공포'가 그것이다. 그동안 마음대로 제작·발매해도 크게 관여치 않았던 축음기와 레코드 문화에 대한 본격적 간섭과 규제가 시작된 것이다. '국경애화' 발매 금지 사건과 같은 일련의 일들 때문에 생겨난 악법임에 틀림없다. 총독부 당국은 밀실에서 이런 압제 방안을 기획해낸 것이다.

이 작품 이후로 내 관심은 넌센스 대본 창작으로 집중되었다. 넌센스는 그야말로 삶의 진실을 일부러 왜곡하고 변조시키는 괴기적 현실에 대한 풍자와 비판의식을 농도 짙게 반영한 것이다. 1933년 4월 한 달에만 무려 네 편의 넌센스 작품을 발표했다. '영어 박사' [왕평 안(案), 왕평·전옥·춘광 출연, 폴리돌 19061A] , '카페의 일경'(왕

평 안, 왕평·전옥·춘광 출연, 폴리돌 19061B), '무사태평'(
왕평·전옥·지계순 출연, 폴리돌 19065A), '모던 판매술'(왕
평·전옥·지계순 출연, 폴리돌 19065A) 등이 그것이다. 당
시 나는 경찰서에 불려간 일로 몹시 화가 나 있었다. 그리
고 마음속의 그 응어리는 쉽게 풀리지 않았다.

넌센스 장르의 개척과 부조리 풍자

폴리돌레코드에서 내가 각별히 관심을 쏟았던 분야가 있었으니 바로 넌센스다. 이것은 일본 대중문화계에서 쓰던 명칭을 그대로 옮겨온 것이지만 요즘 말로 바꾸자면 만담, 코미디, 개그쯤으로 비견할 수 있으리라. 세상이 어수선하고 사회 풍조가 무질서하게 되는 것을 크게 우려하던 사람들이 늘어날 때 여기에 포인트를 두고 넌센스라는 장르를 음반으로 제작·발매했다.

비슷한 내용을 담아서 '스켓취'라는 장르의 음반으로 발매하기도 했다. 스켓취는 넌센스보다 좀 더 복합적 구조나 형식에 가까운 것이라 할 수 있다. 1932년 9월에 나는 넌센스 장르로 '얼간망둥이'란 제목의 대본을 쓰고, 폴리돌 운영의 다정한 트리오였던 김용환, 이경설과 나 셋이 함께 출연·녹음했다.

이 무렵 나는 다정한 벗들인 이경설, 김용환 등과 함께 극 '국경의 애곡(哀曲)'(상하) 음반을 19029번 음반으로 발표했다. 11월에는 신민요 '추야월(秋夜月)'(왕평 작사, 전수린 작곡, 윤백단 노래, 태평 8017) 음반을 폴리돌에서 발매했는데 이것은 이미 빅타에서 발표했던 '황성의 적'(왕평 작사, 전수린 작곡) 음반을 이번에는 이애리수가 아니라 인기배우 윤백단(尹白丹)에게 취입시켜서 낸 것이다. 윤백단의 창법과 음색은 이애리수보다 고음으로 아련한 여운이 그 나름대로 일미가 있었다.

사실 이 노래는 워낙 인기가 높아서 배우 임생원(林生員)이 '야명조(夜鳴鳥)'란 제목으로 다른 레코드 회사에서 또 음반을 발표하기도 했다. 말하자면 '황성엣터'의 서로 다른 여러 버전이라 하겠다. 넌센스 음반들이 잘 팔려나가게 되자 나는 그해 12월에 넌센스 '천리 원정'(왕평 대본, 왕평·이경설·김용환 출연, 폴리돌 19030) 대본을 써서 발표했다. 상하 연속의 대본을 한 장의 음반에 담았다. 내 다정한 친구들인 이경설, 김용환, 왕평 트리오가 함께 출연해서 열연했다.

유행가 '경성은 좋은 곳'(추야월 작사, 에구치 요시[江口夜詩] 작곡, 이경설 노래, 폴리돌 19032)도 같은 시기에 나왔다. 이 노래의 가사에는 그나마 마구 붓 가는 대로 쓴 것이 아니라 우리 한국인의 삶과 시간이 제대로 정돈되고 강직한 체계로 갖추어가기를 바라는 내 충정을 담긴 했다.

서울의 새벽 요란히 들리는
저 싸이렌 힘 있는 젊은이
씩씩한 걸음 굳세인 팔
서울은 좋아요 힘으로 밝히며
해지면 한양은 청춘의 밤

- 유행가 '경성은 좋은 곳' 1절

나는 그해 4월, 유행소곡 '짜즈에 메로듸'(왕평 작사, 김탄포 작곡, 전옥 노래, 폴리돌 19054) 음반을 발표했다. 이 작품에도 식민지 현실의 모순과 부조리를 노골적으로 비판하고 풍자했으며 이른바 '모던'으로 일컬어지는 시대 풍조와 유행이 지닌 허상을 지적하면서 구시대와 사사건건 갈등하며 대립하는 시대적 정황을 담아내었다. 작품 앞부분에서 나는 1930년대 초반, 이른바 모던걸과 기생의 대비를 시도한다. 두 여성이 모두 식민지 자본주의에 오염되고 타락해가는 세태를 은근히 풍자하고 비판하려고 했다. 그런데 결국 이 노래는 재즈, 모던, 골드러시, 하트 등 적성국(敵性國)인 미국과 영국의 언어를 사용했다는 이유로 판매 금지곡 목록에 오르고 말았다.

1933년 4월에는 5편의 가요 작품과 2편의 넌센스, 1편의 신파극 음반을 발표했다. 가요곡 '금강송'(왕평 작사, 김용환 작곡, 폴리돌합창단 노래, 폴리돌, 19055)과 '대금강 행진곡'(왕평 작사, 김용환 작곡, 폴리돌합창단 노래, 폴리돌 19055)은 행진곡 풍으로 가사를 썼다. 아름다운 국토를 예찬하는 한편, 민족적 긍지를 일깨우려는 뜻으로 썼다. 그런데 나는 이 노래를 단독 가수의 취입이 아니라 합창 형식을 선택함으로써 가창 효과를 통해 민족적 삶의 역동적 분위기를 고조시키려는 의도를 담으려 했다. 같은 4월 중에 유행가 '느진 봄 아침'(왕평 작사, 김용환 작곡, 김용환 노래. 폴리돌19058), '만월대의 밤'(왕평 작사, 김탄포 작곡, 강홍식 노래, 폴리돌 19060), '님을 두고 가는 나를'(왕평 작사, 김탄포 작곡, 전옥 노래, 폴리돌 19060)을 연속으로 발표했다.

넌센스 작품으로는 '영어 박사'(왕평 작, 왕평·전옥·춘광 출연, 폴리돌 19061)와 '카페 일경'(왕평 작, 전옥·춘광 출연, 폴리돌 19061) 대본을 썼다. 꽤나 왕성한 필력으로 활동했던 시기였다. 같은 달에 발매된 신파극 음반인 '항구의 일야(상하)'(왕평 작, 왕평·전옥 출연, 주제가 '정원(情怨)'을 김용환이 작곡 가창, 폴리돌 19062)는 나의 특별한 창작 의도가 담긴 음반이다.

나는 그 무렵, 일본에서 한창 성세를 보이고 있던 신파극(新派劇)에 큰 관심을 갖고 있었다. 원래 일본의 신파는 서양 연극의 영향 속에서 생겨난 근현대 연극의 한 갈래였다. 이것은 엔카의 품격 변화와도 흡사한 모습을 보인다. 이 신파극이 식민지 조선에 도입되어서 처음에는 역사물을 다루다가 차츰 가정 비극으로 옮겨가기 시작했다. 당시 이서구(李瑞求, 1899~1981), 송영(宋影, 1903~1977), 박영호(朴英鎬, 1911~1953), 최독견(崔獨鵑, 1901~ 1970) 등이 이 신파극에 깊은 관심을 가졌고, 주로 가정 비극 테마를 상투적으로 다루었다. 아마도 최고의 신파극은 임선규(林仙圭, 1911~?)가 극본을 썼던 '사랑에 속고 돈에 울고'였을 것이다. 신파극 형식은 우선 식민지 경찰 당국의 감시와 검열 체계에서 다소 날카로운 주목을 받지 않았다. 나는 여기에 주안점을 두고 신파극 형식에 빗대어 틈틈이 현실의 모순과 부조리를 슬그머니 담아내는 시도를 했다. 이 신파극은 1960년대까지 그 명맥을 이어가다가 영화 작품에서의 멜로드라마로 주된 호흡이나 방식의 구도를 넘겨주고 완전히 소멸되었다.

신파극 '항구의 일야'

내가 시도했던 가장 대표적인 신파극은 바로 '항구의 일야'(이응호 작, 왕평·전옥 출연, 김용환 노래, 폴리돌 19209)다. 이 신파극 대본에는 남녀 두 사람이 등장하는데 나와 전옥이 함께 극 중 주인공 이철(李喆)과 김탄심(金彈心)의 배역을 맡았다. 전옥은 이 '항구의 일야'에서 엄청난 감정이입으로 이 신파극을 보는 관람객으로 하여금 눈물을 쏟게 만들었다. 이 음반은 폴리돌레코드 19062번 음반으로 1933년 4월에 발매되었다.

(상편)

〈노래〉

세상이 덧없으니 믿을 곳 없어

마음속 감춘 정(情)을

그 누가 알랴 그 누가 알랴

女: 에이 여보. / 당신이 나를 속이는 줄은 진정으로 몰랐다오. / 아무도 없는 외로운 몸이라던 당신에게도/ 부모와 어여쁜 아가씨가 기다리고 있다지요. / 원망스럽습니다. 원망스러워요. 흑흑- / 모두가 다 내가 어리석은 탓이었는데/ 새삼스러이 이런 말을 해서/ 떠나는 그 마음을 산란시켜줄 것이야 무엇이란 말이냐?/

여보, 어서 일어나요. 떠나실 준비를 하셔야지요. /

男: 하하… 일어나야겠나?/ 일어나지 않으면 안 될까?/

女: 일어나야 합니다. / 당신은 형설의 공을 마치고 금의환향하는 오늘이 아닙니까?/ 그리운 고향 하늘 밑에/ 다정하신 부모님과 또 어여쁜 아가씨가/ 당신을 손꼽아 기다리고 있지 않아요?/ 가셔야지요. / 부모님 곁으로, 아니 어여쁜 아가씨 품 안으로/ 어서 가셔야 합니다. /

男: 아니 탄심이. / 그게 무슨 말이오?/ 응?/ 보내는 그 마

음이나 떠나는 그 마음이 틀림이 없겠는데/ 어찌 오늘의
떠남이 영원의 작별일 리가 있겠소?/ 그저 졸업이 되었으
니까/ 잠시 내 다녀온다는 그것뿐이지./

- 신파극 '항구의 일야' 부분

이 신파극 '항구의 일야'는 1930년대 초반 식민지 대중
에게 크나큰 울림을 주었다. 슬퍼도 눈물조차 제대로 흘
리지 못하는 압제 현실 속에서 신파극은 그들로 하여금
속 시원히 눈물을 쏟아내게 하여 감정을 조절할 수 있게
했었던 그 나름대로의 공로가 있다고 하겠다. 그 누가 이
런 신파극을 수준 낮은 것이라고 함부로 비난할 수가 있
겠는가. 마음대로 울지도 못하던 시절에 신파극은 대신
울어주는 충직한 곡비(哭婢)의 역할을 맡아주었으니 말
이다.

이 신파극 속에서 주인공 탄심에게는 두말할 것도 없이
고통에 신음하는 식민지 백성의 처연한 한(恨)을 담았다.
여기에 대응하는 이철에게는 식민지 경영자로서 시련과
고통을 제공하는 가해자로서의 입장이 반영되어 있었다.

내 20대 초반의 열정적 의기와 일제에 당한 분노가 이 신
파극 속에 은연중에 드러나지 않았던가 한다. 비록 그 전
개상의 관점이나 역사의식이 세련된 면모를 갖추지는 못
했지만 거기엔 내 나름의 충직한 사고와 배려가 담겼다.
대중의 폭발적인 반응을 얻게 되면서 '항구의 일야' 음반
을 찍고 또 찍었다.

'얼간', '엉터리' 테마는 식민지 풍속도의 표현

1933년 5월로 접어들며 유행가 '그는 나를 잊었나'(왕평 작사, 조자룡 작곡, 김용환 노래, 폴리돌 19064)를 비롯해서 두 편의 넌센스를 발표했는데 '모던 판매술(販賣術)'(왕평·전옥·지계순 출연, 폴리돌 19065)과 '무사태평'(왕평·전옥·지계순 출연, 폴리돌 19065)이 그것이다. 대중은 이 넌센스 음반이 주는 효과에 꽤 심취했다. 3분짜리 짧은 내용이지만 시원한 청량감과 웃음을 경험할 수 있었으니 이것이 일단 주효했다.

7월에는 넌센스 '얼간 명창대회(제1회)'(왕평 작, 얼간 구락부 총출연, 폴리돌 19073) 음반을 발매했다. 제목에서도 알 수 있듯이 세상에 득시글거리는 우매한 군상을 눙치고 놀리는, 하나의 풍자극 형식으로 썼지만 너무 장난스럽고 치기로만 가득 차 있어서 후회스럽다. 특히 일본의 엔카 소절을 너무 빈번하게 삽입해서 품위가 떨어지고 말았다. 노래를 제대로 부르지도 못하고 자신의 실력을 평가하지도 못하는 바보가 우쭐거리며 가수의 행세를 하는 현실을 빗대어 풍자하려고 했지만 의도가 충실하게 반영되지 못했다.

아무튼 세상은 얼간이 군상으로 가득했는데, 문제는 그들이 아무런 반성이나 개선의 기미가 없이 뻔뻔하게 세상의 표면을 횡행한다는 점이다. 하지만 그러한 모순이나 부조리 현상을 세련되게 다루지 못했다. 단지 넌센스라는 형식의 치기(稚氣) 표현에만 치중해서 전개를 비속하게 만들었다. 시간에 쫓겨 음반 발매의 욕망을 무리하게 갖다 보면 이런 태작(駄作)이 나오기도 하는가 보다. 새삼 낯이 뜨거워진다. 신파의 격조가 이런 작품들 때문에 대중예술로서의 등급을 현저히 떨어지게 했다.

이런 점을 반성하면서 나는 7월에 '엉터리 부부일기'(왕평 작, 왕평·전옥 출연, 폴리돌 19073)란 제목의 넌센스를 또 하나 발표했다. 바보스러운 남편에게 새로 거처할 집을 좀 둘러보고 오라는 부탁을 받은 남편이 서울 장안을 두루 돌아다닌 끝에 돌아와서 하는 보고가 기껏 경성역(서울역), 안정사 사찰, 삼각산 꼭대기, 한강 철교, 파고다 공원 따위다. 앞뒤가 잘 연결되지 않는 바보스러운 대화로 두런두런 엮어가는 부부 대화를 통해 코믹한 즐거움을 듬뿍 안겨주었다. 구성 방식은 언희(言戱), 혹은 언롱(言弄)을 이어가는 만담 형식이다. 기껏 말장난에 불과할 수도 있겠지만 현실생활의 피로와 질곡을 잠시나마 덜어주려는 나름대로의 작은 배려가 엿보인다. 이 넌센스 장르가 발전해서 만담의 기초적 토대로 발전된 것이리라. 이런 측면에서 보더라도 나는 우리나라 만담사(漫談史) 분야에서 나름대로 일정한 공적이 있었을 것이다.

2부

폴리돌에서
흘러간 청춘

폴리돌에서 흘러간 청춘

　폴리돌레코드사에서 나와 특별히 친밀했던 사람들의 면면을 떠올려본다.

　내가 가장 선호했던 여성 가수로는 선우일선(鮮于一仙, 1918~1990)을 맨 먼저 손꼽을 수 있다. 그녀의 노래에 내가 쓴 가사를 제공한 횟수는 무려 37회로 폴리돌레코드사를 책임진 문예부장으로서의 각별한 애착과 선호를 나타내 보인 것이다. 다음으로는 가수와 배우를 겸했던 전옥(全玉, 1911~1969)이 29회로 빈도가 높았고, 가수 왕수복(王壽福, 1917~2003)도 20회로 내가 그 음색과 창법을 몹시 아끼고 선호했던 인물이다. 조선연극학교 동기생이었던 이경설과는 19회나 함께 활동하며 음반을 취입했다.

만담가로는 나품심(羅品心, 생몰 연도 미상)과 가장 친밀한 관계를 유지했으며 음반 제작을 13회나 함께했다. 우리 두 사람은 그 무렵 갈수록 정이 깊어져서 정식 혼례를 치르지도 않은 채 곧바로 동거생활을 시작하였다. 이들 외에도 가수 윤건영(10회), 배우 박제행(9회), 작곡가 박용수(8회), 작곡가 전수린(7회), 배우이자 가수였던 신일선(6회), 작곡가 전기현(6회), 지계순(5회), 김면균(4회), 가수 신은봉(4회), 배우이자 가수였던 강홍식(4회), 가수 이애리수(4회), 유현(2회), 가수 채규엽(2회), 박영배(1회), 가수 이화자(1회) 등의 순으로 확인된다. 기타 1회씩 나와 함께 활동했던 인물로는 심영, 김범진, 백남훈, 최창선, 김영길, 백석정, 남춘길, 남영심, 이훈, 석일송, 로스최, 윤백단, 이양순, 이운방, 김영택 등이 있다.

1933년 8월에는 유행곡 '큐핏트의 화살'(왕평 작사, 김용환 작곡, 김용환 노래, 폴리돌 19075)을 발매했다. 마치 신파극이나 넌센스처럼 변사적 해설을 앞세운 뒤 가창(歌唱) 단계로 들어가는 방식이다. 그 누구에겐들 노년기가

다가오지 않으랴. 나는 비록 30대 초반에 세상을 떠났지만 김용환의 이 노래는 노년기에 다다른 사람에게 청년기의 애틋한 사랑을 떠올리게 함과 동시에 다소 교훈적 의도를 담으려고 했다. 그 일부를 여기 옮겨본다.

큐핏트의 화살! 가을 하늘과 같은 희망의 꽃다발을 가슴 가득히 부여안고, 봄바람 금잔디 위에서 청춘을 속삭이던 것도 이미 옛일이다. 굽이쳐 흘러가는 세파가 사랑을 실어가고, 추억의 쓰라린 눈물이 청춘의 환희를 시들게 하는도다, 섬섬한 백발 주름진 얼굴이 잃어버린 청춘과 사라진 사랑을 꿈같이 돌아다보며, 깊은 밤 바닷가에서 눈물겨웁게 부르는 이 노래.

이 가슴 타는 불길 눈물로 끄랴
곱곱이 맺힌 한을 잊어버릴까
세월 흘러 이 몸마저 백발 되면은
날 찾아오실 님이 그 누구랴
             - 김용환의 유행곡 '큐핏트의 화살' 부분

김용환(金龍煥, 1912~1949)은 함경도 원산 출신의 멋쟁이 대중연예인이다. 가수로 시작해서 작곡, 작사, 공연 기획 등 못하는 것이 없었다. 그의 집안도 특별하다. 아내 정재덕(鄭載德)도 가수로 활동했지만 형제가 모두 출중한 음악인이다. 동생 김정구(金貞九, 1916~1998)는 '눈물 젖은 두만강'으로 가요사의 으뜸가는 가수가 되었고, 누이동생 김안라(金安羅)는 성악가로 시작해서 대중가수로 이름을 알렸다. 또 다른 동생인 김정현(金貞鉉)은 피아니스트다. 온 집안 식구들이 음악을 위해 태어난 사람이라 해도 과언이 아니다. 나는 내 친구 김용환과 함께 무려 86회가 넘는 음반 활동을 펼쳤다. 이 횟수가 말해주는 것은 다름 아닌 친밀도다. 두 사람 사이에 심기가 통하는 깊은 우정과 유대관계가 있었기에 이 정도의 공동 활동을 할 수 있었던 것이다.

기생 출신 가수 왕수복의 발굴

　　1933년 9월에는 폴리돌레코드가 충북 청주에서 커다란 공연 하나를 주최하였다. 한가위를 앞둔 시기에 그곳 자우당 시계점에서 초청하는 형식이었는데 우리 폴리돌 회사에서는 이 무대에 그간 대중에게 소원했던 신일선과 평양 기성권번 출신의 신진 가수 왕수복을 무대에 등장시켜서 뜨거운 반응을 얻었다. 이날 공연에는 배우 박제행과 나의 벗 김용환 등과 함께 나도 일정한 역할을 맡아서 무대에 올랐다. 매일신보에서 그 소식을 미리 보도했고, 청주시민들은 그날만을 손꼽아 기다렸다.

　　왕수복(王壽福, 1917~1923)은 우리 폴리돌에서 배출한, 참으로 자랑스럽고 특별한 가수다. 그녀는 마치 폴리돌을 위해 태어난 듯 우리 레코드사의 모든 일정과 맡겨진 배역에 충실했다. 폴리돌이 왕수복과 인연을 맺은 것은 행운이다. 내가 그녀를 마치 바닷가 진흙밭에서 진주를 찾아내듯 왕수복을 발굴했다. 처음에 목소리를 딱 들어보는 순간 내 가슴에는 어떤 절절한 예감이 전율처럼 다가왔다. 작곡의 귀재인 전기현과 깊이 의논해서 그녀에게 완벽하게 부합되는 작품 하나를 준비했으니 그것이 바로 '고도(孤島)의 정한(情恨)'(청해 작사, 전기현 작곡, 좌등청엽 편곡, 왕수복 노래, 19086)이다. 왕수복과 폴리돌레코드에서 함께했던 음반 작업의 횟수는 어림잡아 20회도 넘는다. 그만큼 나는 왕수복의 음색과 창법을 아끼는 애호가였다.

이 노래를 부르는 왕수복 곁에 있으면 어떤 아련함이나 눈물겨움이 저절로 이슬처럼 맺혀서 가슴이 파르르 떨린다. 이처럼 왕수복은 타고난 가인(歌人)이다. 1933년 10월에 나는 이 노래를 폴리돌 음반으로 발매했고, 내 예상은 그대로 적중했다. '고도의 정한' 음반은 날개 돋친 듯 팔려나갔다. 아무리 연속으로 찍어도 그 수요를 제대로 감당하기가 벅찼다. 나는 이 노래와 같은 음반의 B면에 수록된 '인생의 봄'(주대명 작사, 박용수 작곡, 왕수복 노래, 폴리돌 19086) 등 두 곡을 특히 높게 평가하고 싶다. 같은 음반에 실린 두 곡의 가사를 모두 내가 썼지만 마치 서로 다른 사람이 쓴 것처럼 차별성을 강조하기 위해 '고도의 정한'에서는 '청해'란 필명을 썼고, '인생의 봄'에서는 '주대명'이란 변성명을 사용했다.

12월에도 무려 6편의 작품을 음반으로 발표했으니 유행가 장르로는 '추억의 애가'(주대명 작사, 박용수 작곡, 왕수복 노래, 폴리돌 19101)와 '으스름달밤'(주대명 작사, 박용수 작곡, 왕수복 노래, 폴리돌 19109)을 모두 왕수복의 목소리에 담아서 발매했다. 왕수복은 여전히 우리 폴리돌레코드사의 보배와 같은 존재다. 그녀의 이름과 사진, 목소리가 담긴 음반이면 무조건 잘 팔렸다. 그럼에도 불구하고 왕수복은 차고 넘치거나 우쭐대지 않았으며 언제나 겸손하고 자기절제의 미덕을 보이던, 모범적이고 품격 높은 대중예술가였다. 왕수복이 부른 노래들의 가사 내용은 대개 이별, 한탄, 그리움, 기다림, 고독, 애타는 마음 등을 밑바탕에 깔아놓은 것이었고, 이것은 어김없이 대중의 가슴속을 살갑게 후벼 파고들었다.

내 사랑했던 여인 나품심(羅品心)

　　12월에 발매했던 넌센스 음반은 '마누라 교육(상하)'(왕평·나품심 출연, 폴리돌 19104)이다. 신파극 음반으로는 '심화(心華)'란 제목으로 1~4까지 두 장 레코드에 담아서 19105번으로 발매했다. 여기서 나는 박제행, 나품심 등과 함께 출연했다. 폴리돌에서 나품심(羅品心)이란 이름이 등장하는 것은 넌센스 '마누라 교육'이 처음이다. 그녀는 일찍부터 배우와 가수로 활동하고 있었는데 태평레코드에서 '방앗간의 처녀'란 향토극과 오케레코드에서 '낙랑공주와 마의태자'를 비롯해서 폭소극 '엉터리' 등을 신불출(申不出, 1907~1969), 성광현(成光顯)과 함께 취입했다. '말 많은 부부', '뱃속에 먼지 난다', '귀동자' 등의 스켓취 음반도 성광현과 함께 발매했다.

　과장과 꾸밈이 없는 나품심의 코믹한 넉살과 연기가 대중에게 어필되었고, 당시 유성기 음반 속의 대중희극계를 주도한, 몇 안 되는 귀한 존재였다. 이런 그녀에게 동지적 호감을 느낀 내가 그녀를 초청해서 발탁한 이래로 폴리돌에서 여러 장의 음반을 취입했다. '뚱뚱보 타령'을 비롯한 가요곡도 여러 편 발표했는데 대체로 코믹하고 익살스러운 내용과 창법으로 대중의 기호를 자극했다. 폴리돌에서 나와 함께 자주 음반을 취입하고 내 벗들과 어울리며 여러 좌석에 자주 합석하다 보니 나랑 은근히 남모를 친밀감이 생겨났다. 나품심은 내 일을 언제나 선뜻 나서서 도와주고 먼저 해결해주었다. 이런 그녀의 환심과 적극성에 나는 큰 호감을 느껴 속으로 나품심을 이성으로서 좋아하게 되었다. 누가 먼저랄 것도 없이 우리는 자연스럽게 연인관계로 발전했고 한집에 살면서 부부처럼 행세했다. 넌센스 '총각우승'과 '아하하하' 음반을 녹음하던 무렵에 나는 나품심과 특별히 가까워졌던 듯하다.

　1934년은 내 나이 26세가 되던 해다. 그해 정월, 나는 뜻한 바 있어 '얼간명창대회(제2회)(상하)'(왕평 대본, 얼간구락부 총출연, 폴리돌 19112A) 음반을 발표했다. 이 대본을 내가 집필했는데 지금 보면 그냥 붓 가는 대로 마구 횡설수설 엮은 느낌이 있다. 하지만 그 나름대로 피로한 대중에게 잠시나마 웃을 수 있는 여유를 주려던 나의 의도가 담겨 있다. 여기에는 나랑 가까이 우정을 나누던 친구들을 모두 엮어서 '얼간구락부'란 익살스러운 조합 명칭을 붙이고 출연했는데 김용환, 박제행, 왕수복, 김춘홍, 정재덕, 나품심 등을 등장시켰다. 그들은 나 때문에 삽시간에 얼간구락부의 멤버가 되고 말았다.

1934년 1월에는 신파극 '자장가'(왕평·박제행·신일선·나품심 출연, 폴리돌 19113) 음반을 발표했다. 이 음반은 실제로 내 연인인 나품심을 여기에 출연시키려고 일부러 준비했다고 해도 틀린 말이 아니다. 2월에도 나는 나품심을 위한 배려로 넌센스 '그날 밤'(왕평·나품심 출연, 폴리돌 19119A)과 '안 되는 놈'(왕평 작, 박제행·신일선 출연, 폴리돌 19119) 음반을 내었다. '그날 밤'은 월급을 모조리 가불해서 탕진하고 빈털터리로 집에 들어온 가장을 나무라는 아내의 울분을 다루었고, '안 되는 놈'은 서민들의 일상적 불운을 익살스럽게 다룬 남녀의 대화를 담았다. 나품심은 넌센스 '그날 밤'에서 그동안 쌓은 내공으로 천연덕스레 연기를 잘도 풀어나갔다. 신파극 '낙화장한(落花長恨)'(이응호 작, 왕평·나품심 출연, 폴리돌 19120) 음반도 2월에 내었다. 그 음반은 오로지 나품심과 내가 단둘이 등장하는 배역으로 엮었다. 그것은 나품심에 대한 내 뜨거운 사랑과 관심의 표시이기도 하다.

그런 분주한 일정 가운데서도 유행가 '정원(情怨)'(편월 작사, 에구치 요시[江口夜詩] 작곡, 김용환 노래, 폴리돌 19117)과 '그리운 고향'(주대명 작사, 박용수 작곡, 왕수복 노래, 폴리돌 19118) 음반을 발표했다. 가까운 주변 친구들은 평소 모든 여성에게 꽤나 까다로운 내가 나품심과 사랑에 빠지게 된 것을 무척 다행으로 여기고 마음의 축하를 보내주었다. 빨리 혼례식을 올리라고 보채는 벗도 많았다. 나품심은 스켓취, 넌센스, 신파극 등의 장르에서 언제나 나와의 호흡이 잘 맞았다. 어조나 감정 표현에서 다소의 굴곡, 과장, 억센 느낌이 있었지만 그녀가 언제나 나의 리듬과 어조에 잘 조화하려고 노력했다. 그 때문에 내가 그녀와 함께 조화를 맞추며 제작·발매한 음반이 많았다. 그런 시간 속에서 우리는 더욱 정분이 맺어졌는지도 모른다. 우리는 자연스럽게 부부처럼 한집에 거주하며 살림을 차렸다. 말하자면 결혼식만 올리지 않은 부부였다.

내가 강계극장 무대에서 세상을 떠났다는 전보를 받았을 때 나품심은 곧바로 깊은 슬픔과 충격에 휩싸여 목 놓아 통곡하며 머리를 풀고 평양까지 올라와서 내 주검을 맞았다. 그 후 상주로서의 극진한 예(禮)를 갖추어서 여러 동료·지인과 함께 청송 본가로 내려와 마지막 매장까지 지켜본 뒤 그녀는 가장 늦게 서울로 돌아갔다. 이 모든 것이 너무도 고마웠고, 내가 그녀에게 진 빚이 너무도 많아서 이를 어떻게 갚나 하고 생각했다. 하지만 나는 그것을 전혀 갚을 기회도 갖지 못한 채 그녀와 생사(生死)의 갈림길에서 영원히 갈라서고 말았다.

나품심은 내가 세상을 등진 뒤로 삶의 회의, 혹은 허무감 따위를 깊게 느껴서 차츰 프롤레타리아 계급주의 사상으로 급격히 빠져들었다. 해방 직후에는 남로당에 가입하고 조선연극동맹에서 활동했다. 좌파 연극인으로 노동자·농민들의 삶의 현장을 맹렬히 뛰어다니며 분주하게 공연했다. 그러다가 1947년 삼팔선을 넘어서 평양으로 올라갔다. 여기에는 틀림없이 남로당의 어떤 지시가 있었을 것이다. 들리는 말에 따르면 나품심은 평양으로 올라간 뒤 불모지와도 같았던 북조선의 연극계, 그 가운데서도 계급주의 사상을 만담으로 전파하고 교육하는 분야에서 아주 선도적으로 활동했다고 한다. 그 후로는 어찌 되었는지 나는 전혀 그녀에 대한 소식을 듣지 못했다. 나품심의 평소 성격이 입바른 말을 잘하고 분을 참아내지 못하며 욱하는 다혈질이긴 했지만 그녀가 어쩌다가 사회주의자로 변신하였는지는 지금도 여전히 의문스럽다. 그녀의 생사가 궁금하다. 북으로 간 뒤에 새 남편을 만나 가정을 꾸렸는지, 자녀는 몇이나 두었는지, 노경에는 어떤 삶을 살았는지 등 여러 가지가 궁금하지만 이를 알 수 있는 그 어떤 경로도 나에게 없다. 이제 와서 그걸 알아본들 뭐하겠는가.

넌센스 장르에 대한 식민지 대중의 환호

대중은 이 넌센스 음반에 꽤나 심취하며 즐거운 반응을 나타내었다. 예상 외로 음반이 잘 팔려나갔고, 폴리돌 레코드사의 문예부장직을 맡고 있는 나로서는 이런 종류의 음반에 특별한 주목을 하지 않을 수 없었다. 그래서 나는 곧바로 또 하나의 넌센스 음반 대본을 쓰기 시작했다. 그것이 5월에 발표된 '엉터리 세계 일주'(청천 작, 왕평·나품심 출연, 폴리돌 19125) 음반이다.

그 전반적인 코스를 대략 정리하면 우선 서울을 떠나 평안도를 거쳐 중국으로 들어가 만주, 천진, 상해를 두루 유람한다. 그다음으로는 일본으로 건너가 대판(오사카)과 동경(도쿄)를 구경하고, 대만(타이완)으로 넘어간다.

그 후로는 매우 황급히 이태리(이탈리아) 로마로 갔다가 프랑스의 말세유(마르세유)와 파리를 유람하고 독일로 가서 베를린을 경유한 뒤 미국 뉴욕을 관광하고 인도를 통과해서 부산항으로 돌아오게 된다. 부산에서 일박한 뒤 대구를 거쳐 서울로 복귀하는 과정이 담겨 있다. 하지만 이것은 실제로 여행한 경과가 아니라 단지 해당 지역의 어감이 풍기는 우리말을 떠올리며 말장난으로 이어가는 코믹한 내용의 연속이다. 대중에게 그저 웃음을 제공하려는 익살과 골계의 뜻을 담았을 뿐이다.

대중은 이 넌센스 장르에 대해서 우선 웃음이 터지고 즐겁다는 반응을 보였다. 그다음으로는 답답하던 속이 시원하게 뚫렸다는 말을 했다. 그것만 하더라도 넌센스 음반이 겨냥하는 소기의 목적을 이룬 것이다. 익살 속에서 삶의 여유를 부여하려는 목적을 담았다.

남: 처음 서울을 떠나 평안도를 평안하게 지났지요.

여: 옳지. 평안도를 평안하게요.

남: 그리고 만주로 가서 문자를 사먹고 천진엘 갔더니

사람들이 어쩌면 그렇게도 천진합니까?

　여: 천진이니까 천진하겠지요.

　남: 그다음 상해에 가서 발가락이 상해서 며칠 쉬었지요. 그다음은 일본을 일 분 만에 가서 대판에 가서 대판으로 씨름 한바탕 하고 동경에 가서 동경하던 연인을 만났습니다 그려.

　여: 네, 그리고요.

　남: 그리고 태평양을 태평하게 건너가서 대만엘 갔더니 웬 대만 그렇게 무성했습니까?

　여: 이름이 대만이니까 대만 그렇게 났을 밖에요.

　남: 그다음 이태리를 이태 만에 가서 로마에를 갔더니 그저 말끝마다 이놈아 저놈아 욕설 뿐이지요.

　여: 다음은요?

　남: 재만 남은 서쪽 나라를 갔습니다.

　여: 옳지 불란서요.

　남: 네, 불란서 말세유 항구를 들렀더니 그곳엔 아주 말세가 되어서 왼 시가가 말짱 구락부와 술집뿐이더군요.

　여: 그럴 밖에요. 그런데 온 시가가 술집이면 손님은 누

가 되나요?

　남: 그러기에 내가 들어갔다가 이곳저곳에서 *끄는* 바람에 사지가 팔지가 될 뻔했습니다.

　여: 그다음은요?

　남: 그다음은 파리엘 갔더니 파리 성화로 죽을 뻔했습니다.

　여: 그다음은요.

　남: 항아리 한 개 있는 나라엘 갔지요.

　여: 독일이요?

　남: 네, 독일엘 가서 베루링(베를린)에 갔더니 여관집에 베루기가 아우성을 치더구면요.

　여: 그다음은요?

　남: 네, 미국 뉴욕엘 갔더니 유가 놈들이 어찌 욕을 퍼붓는지 창피당했는걸요. 그리고 시카고가 유명하다기에 갔더니 모다 식칼을 들고 소, 도야지 잡는 천지이더만요.

- 넌센스 '엉터리 세계 일주' 부분

　1934년 5월에도 넌센스 음반 '인심은 이렇다'(이상투 작,

왕평·나품심 출연, 폴리돌 19125)를 발표했다. 이 작품에서 나는 이상투라는 필명을 썼다. 서로 조화와 협력이 되지 않고 날만 새면 싸우며 의견 대립으로 세월을 보내는 세태에 대한 풍자의 뜻을 담고 있었다. 상투 끈을 잡고 서로 싸우는 세태, 여기에 착안해서 '상투(相鬪)'라고 했다.

엽총을 든 부부가 깊은 산중의 사냥터에 갔다가 남편이 오발로 아내를 쏘아죽이게 되었다. '인심은 이렇다'는 이때 숨이 넘어가는 아내와 남편의 대화를 담았다. 이 부부의 대화를 통해 인간이 얼마나 거짓과 위선, 이중적 사고와 표리부동한 삶에 길들여져 있는가를 드러내고자 했다. 함께 가족 구성원으로 살아가지만 가슴속에는 전혀 다른 뜻을 품고 궁리하며 지내는 현실의 모순과 부조리를 풍자하려고 했다. 이 작품에도 나는 나품심을 아내로 등장시켰다. 그녀는 이 음반에서 능수능란하게 연기했다. 넉살과 재치가 대단했다.

1934년 5월에도 나와 나품심은 여러 편의 음반 작품을 발표했다. 위의 넌센스 음반 '인심은 이럿타'를 비롯해서 신파극 '남매(상하)'(박제행·왕평·나품심 출연, 폴리돌

19126)를 발표했다. 다른 여러 신파극에도 나품심을 나의 파트너로 박제행과 함께 출연시켰음은 물론이다. 유행가 '목 맺혀 웁니다'(왕평 작사, 백남훈 작곡, 김용환 노래, 폴리돌 19134)와 '못 오시나요'(왕평 작사, 김범진 작곡, 최창선 노래, 폴리돌 19137), '청춘을 찾아'(왕평 작사, 임벽계 작곡, 김용환 왕수복 노래, 폴리돌 19142) 음반도 발표했다. 가수로는 김용환, 최창선, 왕수복을 자주 무대에 올렸다. 내 측근에 이런 가수들이 있다는 것은 나의 복이었다. 그들은 우리 폴리돌레코드에서 없어서는 안 될 필연적 구성원이었다.

내 가슴속에 살아있는 이경설

1934년 5월에 또 다른 신파극인 '울고 웃는 인생(상하)'(이응호 작, 이경설·왕평 출연, 폴리돌 19140A) 음반을 발표했는데 이 작품에서 나는 친구 이경설과 콤비로 출연했다. 농촌에 거주하던 청년 영식과 영자는 평생토록 변치 말자는 불변의 사랑을 맹세했다. 하지만 영자는 집을 떠나 도시로 잠적했고, 영식은 영자를 찾아온 거리를 헤매고 다니다가 마침내 어느 술집에서 영자를 찾아 두 사람이 대면한다. 그러나 영자는 이미 술집의 천박한 여급으로 바뀌어 있었고, 집으로 돌아가자는 영식의 제의를 영자는 쌀쌀하게 물리친다.

가족을 부양하기 위해서 이 비천한 일을 하지 않을 수

없는 영자의 심정이 후반부에 등장하고 영식은 좌절 속에서 쓸쓸히 떠나게 된다. 영식을 보내놓고 영자는 갈등으로 괴로워하며 떠난 영식에게 혼잣말로 용서를 빈다. 이때 술청의 주객은 왜 술을 가져오지 않느냐고 자꾸만 재촉한다. 나는 이 작품을 통해 1930년대 일제 식민지 체제 아래에서 가족이 어떻게 붕괴·해체되어 가는지에 대한 은근한 암시와 비판을 제기하면서 급격하게 변동하는 사회의 현실을 담아내려 했다.

8월에는 '멍텅구리 학창생활'(상하), 고 이경설 왕평, 폴리돌 19154)이라는 넌센스 음반을 내었는데 병석에 누운 이경설을 문병 차 방문해서 갖고 간 녹음기로 힘들게 녹음했다. 결핵을 오래 앓아온 이경설의 안색은 이미 저 세상 사람과 다름없는 참담한 지경에까지 다다라 있었다. 그런데도 우리의 방문을 불편해하지 않고 병상에서 억지로 일어나 이 넌센스 음반의 녹음에 기꺼이 협조해 주었다. 그 모습을 지켜보는 내 가슴은 갈기갈기 찢어졌다.

9월에는 유행가 '청춘도저요'(왕평 작사, 엄재근 작곡, 선우일선 노래, 폴리돌 19157)와 신파극 '춘희(상하)'(이웅호 작, 이경설·왕평·신은봉 출연, 폴리돌 19159A, 이경설 양 영면 유작) 음반을 발표했다. '춘희(椿姬)'는 우리의 가 련한 벗 이경설의 마지막 목소리가 담긴 기념비적 음반이 다. 대본 속에는 서로 사랑했던 영철과 춘희가 등장한다. 하지만 영철 부친의 반대로 두 사람의 사랑은 이루어지지 못하고 춘희는 영철의 곁을 떠난다. 영철은 춘희가 변심 끝에 자신을 떠난 것으로 오해한다. 도시로 간 춘희는 술 집 작부가 되었고, 이런 춘희의 앞에 영철이 느닷없이 나 타난다. 다시 고향으로 돌아가자는 영철의 제의를 춘희 는 냉정하게 물리친다. 춘희의 변심에 좌절하고 분노하 며 떠난 영철에게 속죄하며 흐느껴 우는 춘희는 영철의 앞날과 성공을 위해 온 마음을 모아서 축복을 보낸다. 춘 희는 험한 곳에서 비천한 일을 하다가 기어이 병을 얻어 서 혼자 쓸쓸히 앓던 중 홀연히 세상을 떠난다.

배우는 자신이 맡은 작품 속 배역의 운명을 그대로 따 라간다는 속설처럼 이경설은 대본 속의 춘희처럼 결국 죽 음으로 삶을 종결한다. 그녀의 나이 불과 스물셋. 한창 꽃 다운 나이에 제대로 인생의 꽃을 한껏 피어보지도 못한 채 이승을 떠나고 말았으니 그녀를 좋아하고 아끼던 우리 벗들의 가슴은 천 갈래, 만 갈래로 찢어지는 듯했다. 이 음반에서 이경설이 춘희 역을, 나는 영철의 배역을 맡았다. 우리의 트리오 중 하나인 작곡가 김용환은 그 특유의 바이올린 연주 솜씨로 분위기를 더욱 슬프게 만들었다. 신은봉(申銀鳳, 1909~?)의 애끓는 해설도 듣는 이의 가슴에 슬픔을 더하게 한다.

이경설은 이 대본을 녹음한 뒤 음반이 채 발매되기도 전에 세상을 떠나고 말았으니 말하자면 유작(遺作) 음반인 것이다. 그녀와 작별하고 지상에 남아 있는 우리 벗들은 이경설의 영면(永眠)을 추모하는 뜻으로 그 음반에다 특별한 추모의 문구를 넣었다. 〈동아일보〉 9월 19일 자에는 이 음반의 발매에 대한 기사가 실렸다. 그녀가 우리 곁을 홀연히 떠난 것이 너무 애달프고 허전해서 나는 우리 폴리돌레코드사가 발간하는 〈매월신보〉에 그녀의 죽음을 애도하는 추도사를 발표했다.

일대 명우 이경설 양 영면 추도 발매, 10월 특별신보

고 이경설 양의 미명 천고의 유작. 비극 '춘희' 고 이경설 양 열연

마음으로 명우(名優)의 영면을 설워합니다.

－〈동아일보〉 1935년 9월 19일 자

폴리돌레코드 음반을 성원하는 대중과 이경설을 사모하는 팬들은 크나큰 슬픔 속에서 신파극 '춘희'를 듣고 또 들으며 그녀의 죽음을 슬퍼했다. 그렇게 그해 10월이 되었다. 나는 신민요 '석양산로(夕陽山路)'(왕평 작사, 김탄포 작곡, 김용환 노래, 폴리돌 19162) 음반을 발표했는데 이 노래의 가사도 사실상 이경설의 죽음으로 인한 충격과 허탈감 속에서 쓴 것이다. 가창은 김용환에게 맡겼는데 그는 눈물이 뚝뚝 떨어지도록 슬픈 창법으로 불렀다.

석양산로 저문 날에 반 보따리 저 나그네
황초 욱은 무덤 안고 구슬피도 울음 운다
천만 구비 먼먼 길의 누를 찾아 예 왔던고

－ 김용환의 신민요 '석양산로' 1절

무척 정겨웠던 벗이었던 이경설을 떠나보내고 나는 일
손이 잡히지 않았다. 그렇지만 폴리돌 문예부장으로서
음반 생산 현장에 복귀하지 않을 수 없었다. 11월과 12월
에는 네 편의 작품을 발표했다. 유행가 '포구의 단상곡'(이
해암 작사, 박용수 작곡, 최창선 노래, 폴리돌 19164), '피
어나는 정염(情炎)'(남풍월 작사. 임벽계 작곡, 최창선 노
래, 폴리돌 19164)과 신민요 '가을의 황혼'(왕평 작사, 이
면상 작곡, 선우일선 노래, 폴리돌 19167), 유행가 '별한
(別恨)'(왕평 작사, 이면상 작곡, 선우일선 노래, 폴리돌
19167) 음반 발표 등이 바로 그것이다. 그 여러 곡의 가사
속에는 다정했던 벗 이경설을 잃어버린 슬픔이 여전히 눅
진하게 배어났다.

　2월에는 신파극 '명우(名優)의 애화(고 이경설 양의
추억담)'(이응호 기획, 고 이경설·전옥·왕평 출연, 폴리돌
19287AB) 음반을 발표했다. 여기서 명우란 바로 나의 다
정했던 친구 이경설을 가리키는 말이다. 세월이 흘러갈
수록 세상을 떠난 각별했던 친구에 대한 그리움이 더욱

간절히 사무치기만 했다.

그리운 동무 이경설(李景雪)! 그대가 떠난 지도 이미 여러 해가 지난 이때, 남아 있는 동무들은 그대를 생각하면서 서러운 이야기를 한 토막 적노라!

(기적 소리)

경설: 아, 이 차에는 틀림없이 그 형님이 있겠지? 위독하다는 전보를 받았을 때 그 형님은 오죽 놀랐을까.

경설 양이 위급하다는 전보를 받고 규슈(九州) 고가병원(古賀病院)으로 달려온 그의 형

왕평: 경설아! 나는 다시 못 볼 줄만 알고 왔구나!

경설: 형님, 얼마나 놀라셨수? 내 생각에도 이제는 꼭 죽는 것만 같아서 그런 전보를 놓고는 또 형님이 놀랄 생각을 하니까 공연히 쳤다는 생각이 들어서….

왕평: 대관절 좀 어떠냐? 아, 이 일을, 이 뼈만 남았구나.

경설: 조금 돌린 듯은 해도 그러나 오래가지는 못할 것 같아요. 형님, 언제 나을지도 모르는 병이 되고 보니 마음이 자꾸 약해갑니다. 해가 지고 황혼이 짙어질 때면 고향

생각, 동무들 생각에 울지 않은 날이 없었답니다. 좌우를 돌아다봐야 아는 사람 하나 없는 이 외로운 곳에서 죽을 날만 기다리는 그 병자의 심정!'

- 신파극 '명우의 애화' 부분

이윽고 1935년이 밝았다. 다시 새해가 왔지만 나는 여전히 이경설의 죽음으로 인한 슬픔으로부터 자유롭지 않았다. 마침 회사의 녹음 필름을 창고에서 찾아보았더니 이경설이 나와 함께 녹음했던 목소리로 아직 음반 제작이 되지 않은 작품이 여러 개 발견되었다. 그것은 모두 넌센스 장르였다. 사실 이경설과 내가 폴리돌에서 함께했던 음반 작업은 20회가 넘지만 그녀의 갑작스러운 요절로 말미암아 더 계속하지 못한 것이 다만 안타까울 뿐이다. 건강하면서 좀 더 우리의 우정이 계속 이어졌다면 더 많은 발매 횟수를 기록했을 터이다.

1935년 1월에 나는 '고도(孤島)에 지는 꽃(상하)'(이경설·왕평 출연, 폴리돌 19177) 음반을 발매했다. 2월에는 넌센스 '멍텅구리 학창생활(기숙사 편, 상하)'(왕평 작, 이경설·왕평 출연, 폴리돌 19184A) 음반을 발표했다. 모두 이경설과 함께 녹음했던 대본들이다. 비록 이경설의 육신은 떠났으나 벗의 존재는 여전히 내 가슴속에 남아 있었다. 유행가 '울기는 왜 우나요'(왕평 작사, 타케오카 노부유키[竹岡信幸] 작곡, 김용환 노래, 폴리돌 19179)와 합창곡 '농부'(남풍월 작사, 임벽계 작곡, 김용환 노래, 폴리돌 191800) 음반도 그때 같이 발매했다. 이경설의 목소리가 담긴 넌센스 음반 명텅구리 시리즈의 대본을 여기에 옮겨본다. 학교 기숙사에 있는 학생과 사감 선생이 주고받는 대화 형식의 이 음반에서 내가 명텅구리, 이경설은 선생님 역할을 맡았다.

같은 달에 신민요 '무정세월'(왕평 작사. 이면상 작곡, 선우일선 노래, 폴리돌 19186) 음반도 내었고, 이경설의 목소리가 담긴 또 다른 녹음을 찾아서 신파극 '망향비곡(상하)'(고 이경설 작, 고 이경설·심영·왕평 출연, 폴리돌 19189A) 음반을 발표했다. 이 음반은 세상을 떠난 배우 이경설이 직접 집필한 대본으로 배우 심영(沈影, 1910~1971)과 내가 함께 출연했던 귀한 내용을 담고 있다. 이 대본에서 이경설은 주제가까지 작사했으니 대본, 출연, 주제가를 모두 이경설이 떠맡은 것이다.

내용은 다음과 같다. 고향을 떠나 만리타향으로 떠난 부부가 온갖 고생살이 끝에 마침내 남편이 병을 얻어 죽음에 다다른다. 남편은 죽기 전 한잔 술을 마시며 떠나온 고향과 그곳의 부모님 산소를 생각하며 아내에게 관리를 부탁한다. 마침내 남편은 타향에서 세상을 떠나고, 아내는 그 슬픔에 겨워 목을 놓아 운다. 이 작품은 대중문화 분야에서, 1930년대에 대량으로 발생한 유랑민 현상에 어떻게 대응하고 있었던지를 잘 보여준다.

내 친구 이경설을 생각하면 지금도 가슴이 슬픔으로 가득 찬다. 어찌 그리도 불운하고 고통스러운 삶을 살다가 떠난 것일까. 이경설의 육신은 비록 세상을 떠났지만 그녀의 그림자는 내 가슴속에서 언제나 살아있으리라.

가수 선우일선을 발굴하다

6월에는 유행가 세 편과 스켓취, 넌센스, 신파극 한 편씩을 각각 발표했다. 유행가 작품은 '사공의 설움'(왕평 작사, 타케오카 노부유키[竹岡信幸] 작곡, 김용환 노래, 폴리돌 19142), '꽃을 잡고'(김포몽 작사, 이면상 작곡, 선우일선 노래, 폴리돌 19137), '그 여자의 반생'(왕평 작사, 전기현 작곡, 왕수복 노래, 폴리돌 19153) 등의 음반을 발표했다. 김포몽(金浦夢)은 시인 김안서(김억)의 또 다른 필명이다. 그가 쓴 가요 시작품 '꽃을 잡고'를 평양 기성권번에서 발굴한 가수 선우일선에게 취입시켰는데 온몸에 전율이 돌을 만큼 감탄을 자아내게 하는 창법으로 우리 폴리돌 운영자들을 놀라게 했다. 실제로 선우일선은 이 노래의 창법에서 완벽할 정도로 숲속 꾀꼬리 소리의 슬프고 청아한 분위기를 그대로 재현해 내었다. 원래 김억이 쓴 가사는 4절까지 있으나 음반에 모두 담을 수가 없어서 부득이 3절까지로 끊었다. 나는 선우일선의 이 노래의 느낌이 너무도 좋아서 듣고 또 들었다. 인간의 목소리로 어찌 이런 성음을 뽑아낼 수가 있는가. 이 음반은 대중의 엄청난 반향을 얻었고, 음반도 날개 돋친 듯 팔려나갔다. 당시 스케취 음반으로는 '청춘일기(감격 편)'(왕평·이해영 출연, 폴리돌 19144) 하나가 있다.

하늘하늘 봄바람이 꽃이 피면
다시 못 잊을 지낸 그 옛날

지낸 세월 구름이라 잊자 건만
잊을 길 없는 설운 이 내 맘
　　　　　　　　 - 선우일선의 신민요 '꽃을 잡고' 1, 2절

이 노래를 부르는 선우일선의 소리를 눈을 감고 가만히

들어보니 이것이 인간의 성음인지 깊은 산 숲속의 꾀꼬리 소리인지 전혀 구별되지 않았다. 마치 한 마리 새가 숲속에서 한을 품고 지저귀는 애잔한 소리로 내 가슴 속에 다가와 절절한 반응을 이끌어내었다. 인간이 어찌 이런 소리를 낼 수가 있는 것인가. 이 노래는 우리 겨레의 가요가 지닌 최고의 경지에 도달했고, 그 비경을 제대로 보여주었던 것 같다. 우리 폴리돌레코드로서는 선우일선 같은 보배로운 가수를 찾아낸 것에 회심의 미소를 지을 수밖에 없었다. 내가 폴리돌에서 선우일선과 함께 음반 작업을 했던 횟수는 37회가 훨씬 넘는데 이는 내가 선우일선의 소리와 재주를 얼마나 아끼고 사랑했었던가를 명확하게 보여준다.

나는 1936년 12월 잡지 〈삼천리〉에 보낸 글 '가수를 어떻게 발견하였던가'에서 다음과 같이 선우일선과의 첫 만남을 회고했다. 그때를 생각하면 지금도 가슴이 뛴다. 글의 소제목은 '기석일곡(妓席一曲)으로 선우일선(鮮于一扇)을 발견'이다.

그 뒤 1933년 늦은 가을, 이름난 기생들은 거의 다 각 레코드 회사에 소속되어 있었기에 우리는 조선 노래를 취입하겠다는 어느 원로 가수를 찾아 평양으로 갔던 것입니다. 그때 그 원로 가수가 상대역으로 선택하였다는 세 기생 가운데 가장 나이 어리고 인기 없다는 선우일선의 노래를 들어보았는데 나는 다른 가수 가운데서는 도저히 찾아볼 수 없는 우리 조선 민요를 노래할 품격 높은 목청을 발견하게 되었습니다. 그때 우리는 유행 가수에 왕수복이 있었고, 이제 바로 민요 가수를 확보하려던 시점이라 곧 선우일선을 민요 가수로 결정하여 서울로 데리고 왔습니다. 곧바로 김억 씨의 작사 '꽃을 잡고'를 이면상 씨 작곡으로 완성하고 한겨울에 맹렬히 연습시켜 이듬해인 1934년 봄에 취입시켰지요. 다른 가수들은 도저히 따라올 수 없는 선우일선만의 독특한 창법과 멜로디는 듣는 사람들의 가슴을 몹시 약동하게 했습니다.

  한번 선우일선이 부른 '꽃을 잡고'가 시중에 판매되자 레코드 팬들의 감격에 넘치는 환영과 예술가들의 정평은 끊이지 않았습니다. 이로써 어제까지 무명 기생이던 선우일선은 일약 조선의 대가수로 약진하게 되었던 것입니다. 우리는 언제나 아직 세상이 모르는 무명 가수를 대가수로 만드는 일에 전력을 다하였으며 앞으로도 그렇게 하려고 합니다. 선우일선의 오늘이 그것을 말해줍니다.

  - 왕평, '기석일곡(妓席一曲)으로 선우일선(鮮于一扇)을 발견'(잡지 〈삼천리〉, 1936년 12월호 부분)

점점 명성이 높아져가는 폴리돌 공연 무대

1935년 3월 5일에는 평양에서 커다란 공연이 열렸다. 서울의 6대 레코드 회사가 연합으로 평양의 대형 극장인 금천대좌(킨치요좌, 金千代座)에서 공연하는 무대에서 '유행가 실연의 밤'을 열게 된 것이다. 이 무대에 30명의 가수가 출연하는데 우리 폴리돌에서도 그 무대에 오를 대표 가수를 미리 선정해 두었다. 왕평, 왕수복, 선우일선, 전옥, 최창선, 윤건영, 김주호 등 우리 대표 가수들의 상당수는 평양 출신이었다. 평양시민들의 환호를 미리 염두에 두었기 때문이다. 그야말로 레코드 회사 간의 비교가 되고 공전의 호화판이라 할 수 있는, 대규모의 공연이었다. 언론에서도 이날 공연에 대한 소식을 날마다 보도해서 평양 시민들의 가슴은 설레었다. 다른 지역 사람들은 그저 부러운 마음만 가졌을 뿐이다.

5월에는 모두 6편의 작품을 발표했다. 민요 '조선의 달'(왕평 작사, 이면상 작곡, 선우일선 노래, 폴리돌 19195), 민요 '긴아리랑'(이호 작사, 이면상 작곡, 선우일선 노래, 폴리돌 19195), 유행가 '출범(出帆)'(왕평 작사, 박용수 작곡, 왕수복 노래. 폴리돌 19200), '시냇가의 추억'(남풍월 작사, 정사인 작곡, 왕수복 윤건영 노래, 폴리돌 19200), 유행가 '마적의 합창'(왕평 작사, 김용환 작곡, 김용환 노래, 폴리돌 19202) 등과 신민요 '신이팔청춘가'(남강월 작사, 이면상 작곡, 선우일선 노래, 폴리돌 19202) 음반이 그것이다. 레코드 회사는 그 무엇보다도 음반을 얼마나 지속적으로 열심히 발매하고 대중에게 다가갈 수 있는가에 따라 그 생명의 유지가 결정되기 때문이다.

3월의 평양 금천대좌 공연에 이어 일본 도쿄에서도 큰 공연이 열리게 되었다. 이번 공연은 오로지 폴리돌레코드만 초청되었기에 의미가 더욱 컸다. 초청자는 도쿄에 거주하는 기독교청년회였는데 그들이 우리에게 요청해

온 출연자는 왕수복, 전옥, 윤건영, 김용환과 내 이름도 포함되었다. 우리는 이날 공연을 위해서 맹렬히 연습하고 준비했다.

가수 윤건영은 콜럼비아레코드 신인가수 선발 대회에서 거의 당선이 확정된 인물이었다. 그런데 내가 그의 노래를 들어본 직후 내가 중간에 메신저를 넣어 폴리돌 전속으로 모시고 싶다는 뜻을 정중하게 전했다. 그는 내 초청의 정중함에 감복되어 두말없이 우리 회사 전속이 되었다. 그의 성음은 한없이 맑고 청량하며 은근함과 다정함이 느껴지는 음색이다. 우리 레코드사에서 여러 장의 음반을 발표했다.

한편 나는 합창이란 장르를 활용해서 작품 '농부'(남풍월 작사, 임벽계 작곡, 김용환 노래, 포리도루 19180)를 발표했다. 앞서서 1933년 행진곡이란 장르로 두 곡을 발표한 바 있는데 이 작품도 그와 같은 취지에서 합창이란 형식을 취하고 있는 듯하다. 행진곡이나 합창 형식에서 나는 개체의 활동이 아닌 단합의 역량에 대한 기대를 바탕에 깐 것이다. 전체 민중이 함께 불러서 보다 큰 힘과 용기를 불러일으킬 수 있는 노래 형식으로 행진곡과 합창보다 더 좋은 것이 어디 있겠는가.

행진곡, 합창 따위의 형식을 장르 명칭으로 표시할 때 여기엔 내 나름대로의 특별한 의도를 담은 것이라는 뜻이 들어 있다. 1936년에 발표한 2편의 합창 음반도 같은 맥락에서 해석하면 좋으리라. '백두산 타령'(편월 작사, 임벽계 작곡, 오리엔탈합창단, 포리도루 19299), '천리청춘'(편월 작사, 임벽계 작곡, 오리엔탈합창단 노래, 포리도루 19299)이 바로 그 전형적 작품이다. 민족의 성산인 백두산에 대한 강조, 청년기 세대들에게 시간의 가치와 중요성을 일깨워주려는 계몽의식을 표현했었는데 이때 쓴 합창 형식을 매우 적절하다는 생각을 했다.

1935년 8월에는 꽤 많은 레코드 음반을 발표했다. 다른 달에 비해 상당히 많이 늘어났다. 유행가 '정말인가요'(왕평 작사, 가미쿄스케[紙恭輔] 작곡, 전옥 노래, 폴리돌 19207)를 비롯해서 '지나가(支那街)의 비가'(편월 작사, 김탄포 작곡, 김용환 노래, 폴리돌 19212), '항구의 여자'(편월 작사, 박용수 작곡, 왕수복 노래, 폴리돌 19213), '어부

사시가'(남강월 작사, 김탄포 작곡, 왕수복 김용환 노래, 폴리돌 19213) '이별가'(편월 작사, 산전영일 편곡, 윤건영 노래, 폴리돌 19214), '자장가'(편월 작사, 김교성 작곡, 윤건영 노래, 폴리돌 19214), '놀고나지고'(남풍월 작사, 김교성 작곡, 선우일선 노래, 폴리돌 19215), '십삼도 합창'(편월 작사, 김탄포 작곡, 김용환 오리엔탈합창단, 폴리돌 19217) 음반 등 8편의 가요 작품을 발표했다. 김용환, 전옥, 왕수복, 선우일선, 윤건영 등의 폴리돌 가수에게 노래를 부르도록 했다.

8월에 워낙 다수의 작품을 발표했던 직후라 9월에는 단 두 편만 발표했다. 유행가 '부두의 연가'(왕평 작사, 콘도오 쇼오지로[近藤正二郎] 작곡, 왕수복 노래, 폴리돌 19218)와 '옥저(玉笛)야 울지 마라'(편월 작사, 김면균 작곡, 왕수복 노래, 폴리돌 19218) 등이 그것이다. 모두 왕수복의 노래인데 그의 창법은 여전히 폴리돌을 지탱하는 든든한 상징적 저력으로 되살아난다.

10월에는 신민요 '사랑가'(편월 작사, 김탄포 작곡, 선우일선 김용환 듀엣, 폴리돌 19222) 1편과 '어머니'(편월 작사, 김탄포 작곡, 왕수복 노래, 폴리돌 19224), '흘러간 여름'(편월 작사, 김면균 작곡, 윤건영 노래, 폴리돌 19225) 등 두 편의 유행가 작품을 내놓았다. 나의 줄기찬 활동에 가까운 지인들은 혀를 내둘렀다. 그들은 지방 공연까지 다니는 바쁜 일정 속에서도 그토록 왕성하게 작품을 쏟아내느냐고 칭찬했다. 실제로 나는 그 어디엔가 마치 쫓기는 듯한 심정으로 숨 가쁘게 나의 일과를 보내고 있었던 것이 사실이다.

1935년 10월 3일에는 조선중앙일보 평북 선천지국이 주최하는 '폴리돌레코드 위안의 밤'에 나는 전옥과 더불어 연극 '돌아오신 아버지', '항구의 일야'를 준비해서 무대에 올랐다. 이어진 공연에서는 가수 왕수복과 선우일선, 김용환 등이 관중 2천 명 앞에서 유행가를 불렀다. 그들은 발을 구르고 함성을 올리며 뜨거운 반응으로 성원을 보내주었다. 전체 공연은 2부로 구성되었는데 예정 시간을 한참이나 넘겨서 자정이 가까운 밤 11시 30분까지 이어졌다. 조선중앙일보에서 그날의 분위기를 소상하게 보도했다. 평안북도 선천 공연을 마치고 서울로 돌아오는 길에 황해도 신천에 들러서 다시 한 차례의 공연을 펼쳤다.

대중잡지 〈삼천리〉의 주목을 받다

11월에는 두 편의 유행가를 발매했다. '소국만세(笑國萬歲)'(편월 작사, 임벽계 작곡, 김용환 로스 최 노래, 폴리돌 19227)와 '청춘무정'(편월 작사, 이면상 작곡, 선우일선 노래, 폴리돌 19227)이 그것이다. 이 두 곡은 대중의 반응을 얻지 못했다.

〈삼천리〉주간인 김동환 시인이 본격 좌담회를 개최하겠다는 뜻을 전해왔다. 그가 기획한 좌담회의 참석 인원은 16명으로서 각 레코드사의 대표 가수 7명, 서울 시내 6대 레코드사 문예부장들, 그리고 삼천리 잡지의 간부 3명이다. 참석 인원을 봐서도 짐작하겠지만 좌담회의 규모는 상당히 컸고 위상도 높았다. 나는 그 좌담회에 기꺼이 참석한다고 전화로 알렸다. 1935년 12월 8일 오후 5시부터 11시까지 무려 6시간 동안 서울의 요릿집 명월관(明月館)에서 열렸다. 전체 내용을 정리해서 잡지에 발표된 것은 1936년 1월호다. 좌담회의 타이틀은 '인기 가수 좌담회'다.

가수로는 왕수복, 선우일선, 김선초, 강남향, 김용환, 이은파, 김해송 등이 참석했다. 각 레코드 회사의 문예부장들로는 왕평(폴리돌문예부장), 이하윤(콜럼비아문예부장), 유영국(빅타판매부장), 김능인(오케문예부장), 민효식(태평문예부장), 박영호(시에론문예부장) 등이다. 여기에다 김동환, 김성목, 박상희 등 잡지 〈삼천리〉의 집행부 인원들이 배석했다. 제각기 자신의 생생한 경험담 위주로 서술했고, 또 워낙 중요한 내용이 많아서 여기에 그날 좌담 본문을 다 옮기지는 못하고 내가 발언했던 부분만 추려서 옮겨본다.

김동환: 노래 한 곡을 취입하기 전에 대개 몇 번씩 연습하서요?

선우일선: 작곡이 되어 내 손에 온 뒤로는 길을 가다도 무심히 외우게 되고 집에 앉아 손님하고 이야기하다가도 외게 되고, 늘 정신이 거기 가니까 열흘 동안 대개 100차례쯤은 외워보는 걸요.

왕평: 밤낮 융융거리지요. 잘 팔려달라고 흐흐흐.

김동환: 여러분은 거리의 꾀꼬리로 몇 해를 두고 조선 팔도 방방곡곡을 샅샅이 돌아다녔을 터이니 여러 지방 중 어디가 특별히 유행가를 잘 이해하고 또 흥행 성적이 좋았나요?

왕평: 울릉도, 제주도, 두 곳만 떼어놓고 남북 삼천리에서 가보지 못한 곳이 없는데 우리 폴리돌 회사의 경험으로 보면 함경도 지방이 좋더군요. 그다음이 경상도라 할까요.

김동환: 누가 간도나 만주로 가보셨나요?

왕평: 갔었지요. 간도 '성쇠무대'에서 처음 연극을 하였는데 극 속에 총 놓는 대목이 있어 빈총을 놓았더니 관객이 총소리에 놀라 달아납디다 그려(일동 웃음).

김동환: 흥행 성적은 어디가 나아요? 일등지라면?

왕평: 서울, 평양, 대구

  (…중략…)

왕평: 어떤 데서는 오륙십 원도 나오기야 하지만 그것이야 모다 소촌락들이지요.

김능인: 오케에서 언젠가 평양에 갔을 때 하룻밤에 팔백 원이 빠지더군요. 우리도 이렇게 좋을 줄은 상상하지 못했잖아요.

왕평: 잘 맞추기만 하면 하룻밤 사오백 원 내기는 어려운 일이 아니지. 평양서 나도 극단을 끌고 갔다가 550원을 첫날에 얻은 적이 있었지요.

김동환: 잘 마쳤다면 대체 몇 장이나 팔린 건가요? 어디 각 레코드 회사의 내용을 공개하시구려.

이하윤: 그야 회사에 따라 다르지만 우리 콜럼비아로 말하면 강홍식 군의 '처녀총각' 같은 것은 삼만 장을 넘겼지요. 그리고 채규엽 군이 불어넣은 것은 어떤 것이든 8천 매 이상으로 팔려요.

  (…중략…)

왕평: 한번은 내가 혼난 일이 있었어요. 왕수복, 선우일 선, 김용환 등 여러분과 함께 간도 연길로 연주를 떠나갔 더니 아니 그날 밤에 마적이 습격한다 하여서 참으로 혼 났어요. 극장에 가득 찼던 관람객이 총소리에 놀라 달아 나버리고 나도 가까스로 여관으로 찾아오니 다른 분들은 어디 갔는지 행방불명이었지요. 땀을 흘리며 그 공포의 거리를 찾아다니다가 요행으로 만나기는 했지만 그날 밤 우리가 들어 있는 일본 내지 사람의 여관에 끝끝내 마적 단이 달려들어 우리도 총자루를 메고 접전하여 퇴각시켰 지요.

김용환: 왜 또 국자가(局子街)에서 용정으로 나오다가 사생결단하던 연극도 있지 않아요?

왕평: 그런 이야기 하려면 얼마나 많겠어요. 당시 돌아 나올 때에 밤에 자동차를 타고 장태를 넘는데 불시에 사 람이 거의 다니지 않는 외딴 길에 몽둥이를 든 청년들이 둘이 뛰어나오며 차를 스톱시키겠지요. 그것이 ××당원 이래요. 나도 기절할 지경이었지만 담요 속에 몸을 감추 고 숨을 죽이고 있는 일선 씨와 왕수복 씨를 보니 참으로

기막히겠지요. 얼굴빛이 흙빛이에요. 모다 이제는 꼭 죽었거니 했지요. 그네들은 육혈포를 들어 공포를 탕탕 쏘며 돈을 내라고 하겠지요. 참 기막힙니다.

　김동환: 그래서요?

　왕평: 그러든 차에 마침 뒤에서 등불 밝힌 자동차 한 대가 달려옵디다. 우리 차가 스톱한 것을 보고 이상하게 생각하였던지 뒤차에서 워워 소리칩디다. 그러니 우리 차에 올랐던 그 ××당원들은 까마득한 품 밖에 피신해버리겠지요. 참으로 요행히 살았어요. 그때는 뼈가 아슬아슬합니다.

3부

식민지 대중문화에
각성을 촉구하다

식민지 대중문화에 각성을 촉구하다

1935년도 서서히 저물어간다. 나는 이 한 해 동안 정말 분주히 살았다. 폴리돌레코드사 문예부장으로 혼신의 힘을 다해 가사를 쓰고 음반을 발매했다. 작곡가와 가수를 섭외하며, 지방 순회 공연도 여러 차례 다녀왔다. 신문과 잡지에서 보내오는 원고 청탁에 일일이 부응하며 때때로 진행되는 좌담회에도 참석했다. 그러한 활동의 마무리로 12월에는 네 편의 작품을 발표했다. 유행가 '세월가'(편월 작사, 이면상 작곡, 선우일선 노래, 폴리돌 19231)를 비롯해서 '야월공산'(편월 작사, 유현 작곡, 김용환 노래, 폴리돌 19233), '설령을 넘어서'(편월 작사, 유현 작곡, 김용환 노래, 폴리돌 19233) 등 세 편과 속요 '마누라 타령'(이응호 작사, 선우일선 김주호 듀엣, 폴리돌 19234) 음반까지 모두 네 편이다.

선우일선의 '세월가' 발매 소식을 월보에 전할 때에 나는 그녀를 '민요의 공주'라고 일컬었다. 왕수복과 더불어 선우일선은 우리 폴리돌이 가지고 있는 보배 중의 보배였다. 그 선우일선이 김주호 명창과 함께 부른 '마누라 타령'은 이후 다른 레코드사에서도 가사의 윤곽을 그대로 활용해서 '영감타령', '영감마누라', '잘 했군 잘 했어' 등의 다른 이본(異本)으로 확장해 갔다. 이 속요는 해방 이후 하춘화, 고봉산 등 후배 가수들이 다시 불러서 대중으로부터 큰 인기와 반향을 얻었고, 이 작품은 마치 하나의 전래 민요처럼 여겨지게 되었다. 그들이 새로 붙인 노래의 제목은 '잘 했군 잘 했어'다. 노래가 이처럼 대를 이어서 계속 후대에 전승되어 간다는 것은 즐겁고 기쁜 일이다. 그 최초의 지점에 내가 쓴 '마누라타령'이 자리 잡고 있었다는 이 사실을 독자 여러분은 기억해주시기 바란다. 각 소절 모두 세 차례의 부부 대화로 엮어가다가 마무리 부분에서는 부부 합창으로 조화롭게 정리하는 형식이다. 하지만 이 작품의 첫 출발과 원형의 제공은 나, 왕평이 발표했던 '마누라타령'이었다는 사실을 여기서 분명히 밝혀두는 바다. 그 작품의 전문을 여기에 옮긴다.

男: 마누라.

女: 왜 그래요?

男: 당신과 내가 처음 만나던 그때는…

女: 당신이 스무 살, 내 나이 열일곱 이팔의 봉오리 꽃 곱게도 피려는 그때지.

男: 그때는 젊었군.

女: 젊었지.

合: 젊었군 젊었군 젊었군 그때는 우리도 청춘이지.

- 신민요 '영감타령' 1절

1936년 새해가 밝았다. 내 나이는 어언 스물여덟이다. 결혼은 아직 하지 않았지만, 나품심과는 부부처럼 한 집에서 진작 동거하고 있다. 말하자면 그녀는 나의 정인(情人)이다. 내가 쓴 '마누라타령'을 집에서 나품심과 둘이 함께 불러보기도 했다. 노래를 다 부른 후 우리는 마주 보며 깔깔 웃었다. 나는 지난해 말에 발표했던 속요 '마누라 타령'이 대중에게 뜨거운 반응을 얻었던 그 즐겁고 흐뭇했던 기분을 가슴에 안고서 폴리돌레코드의 새해 첫 음반을 신민요로 시작했다. '신쾌지나칭칭'(왕평 작사, 이면상 작곡, 선우일선 노래, 폴리돌 19279)과 '애원곡(哀怨曲)'(왕평 작사, 오오무라 요시나가[大村能長] 작곡, 선우일선 노래, 폴리돌 19279) 등 두 편의 작품이 바로 그것이다. 신민요 장르는 나의 기질이나 취향에 잘 맞는 듯하다. 작품 초고를 만들어서 구술로 욀 때면 신명이 나고 어깨춤이 들썩인다. 두 곡 모두 선우일선의 구성진 목소리로 담았다. 김용환과 왕수복이 함께 취입했던 두 편의 유행가도 발매했다. '방랑의 길손'(왕평 작사, 김용환 노래, 폴리돌 19280)과 '울고 갈 길을 왜 왔던가'(왕평 작사, 김교성 작곡, 왕수복 노래, 폴리돌 19281)가 바로 그것이다.

'마도로스 노래'에 대하여

1936년이 밝았다. 그해 2월에는 '지척천리'(편월 작사, 오오무라 요시나가[大村能長] 작곡, 왕수복 노래, 폴리돌 19284)와 '마도로스의 노래'(왕평 작사, 다무라 시게루[田村茂] 작곡, 김용환 노래, 폴리돌 19285) 등 두 편의 유행가와 신민요 '조선팔경가'(편월 작사, 형석기 작곡, 선우일선 노래, 폴리돌 19290) 등 모두 3편을 발표했다. 특히 '조선팔경가'는 나의 작사 분야 개인사에서 내 자신이 큰 자부심을 갖는, 기념비적 작품이다. 먼저 내가 발표한 '마도로스의 노래' 가사부터 살펴보기로 한다.

구만리 저 하늘은 해가 가는 길이요

끝없는 이 바다는 우리들의 길이라
한평생 물결 위에 떠도는 이 몸
창파를 헤치며 대해를 저어라
우리는 마도로스 바다의 용사

- 김용환의 유행가 '마도로스의 노래' 1절

'마도로스'란 말이 우리에게 다가온 것은 그리 역사가 길지 않다. 하지만 마도로스는 이제 한국어에서 낯선 말이 아니다. 그것은 20세기 초반, 일본에서 이 말이 도입되어 하나의 외래어로서 우리말 속에 자리를 잡았다. 일본에서는 18세기 후반, 개항 이후 나가사키에 입항했던 네덜란드 국적 선박의 뱃사람들과 교류하는 과정에서 이 말이 전해졌다고 한다. 원래 말은 마트루스(matroos)인데 그 뜻은 '같은 배에서 침식을 같이 하는 동료'였다. 일본에서도 처음엔 '마다로스'로 일컫다가 차츰 '마도로스(マドロス)'란 발음으로 정착되었다. 이것이 우리 한반도로 전해진 것은 일제 식민 통치가 시작된 직후부터다.

일본이든 한국이든 대중음악사에서 이 단어가 즐겨 쓰

였다. 그 까닭은 대중가요의 중요 테마 중 하나인 떠돌이, 뜨내기, 유랑, 방랑. 즉 어느 한 곳에 정주(定住)할 수 없는 삶을 다루는데 이 단어가 매우 적절성을 지녔기 때문이다. 때로는 인생을 선박, 갈매기에 비유하기도 하는데, 여기서 떠오르는 중심어가 곧 마도로스다. 그들의 외모는 일단 멋스럽다. 금테가 둘러진 모자를 쓰고, 물결이 연상되는 푸른 줄무늬 셔츠 위에 제복을 갖춰 입는다. 때로는 우아한 머플러를 착용하기도 한다. 마도로스의 입에는 상징처럼 항상 파이프가 물려져 있다. 그 때문에 그것을 마도로스 파이프라 한다. 파이프 아래에는 야성미가 느껴지는 굵은 턱수염이 돋아나 있다. 답답한 현실에서의 일탈을 꿈꾸는 몽상가들에게 마도로스 상징은 하나의 갈망이나 환상 그 자체였다. 그는 언제나 세계 여러 곳을 떠도는데 정박하는 항구마다 술과 여자가 넘친다. 어차피 유랑의 삶이라 사랑에도 정처(定處)가 없다. 법적으로 공인된 우리말로는 해기사(海技師)란 용어가 있다. 선장, 항해사, 기관장, 기관사, 전자기관사, 통신장, 통신사, 운항장, 운항사 등의 직책을 통칭하는 말이다. 그들은 선박

의 운항과 경영, 및 관리를 담당하는 전문직업인이다. 그
들이 운항하는 선박으로는 외항선, 군함, 관공선, 여객선,
어선, 상선 등이 있다. 마도로스는 이 해기사 중에서도 높
은 직책을 맡은 사람을 가리킨다.

　일본 레코드 회사가 서울에 지점을 개설한 뒤로 빅타,
콜럼비아, 폴리돌, 태평, 오케 등에서 마도로스를 테마로
한 노래들이 이곳저곳에서 발표되기 시작했다. 1933년부
터 1942년까지 14편가량의 마도로스 노래가 나왔다. '마
도로스의 노래'(이서구 작사, 김교성 작곡, 강석연 노래,
빅타 1933), '마도로스의 꿈'(박영호 작사, 김송규 작곡, 이
난영 노래, 오케 1936), '마도로스의 노래'(왕평 작사, 다무
라 시게루[田村茂] 작곡, 김용환 노래, 폴리돌 1936), '정열
의 마도로스'(금운탄 작사, 이면상 작곡, 백석정 노래, 폴
리돌 1936), '마도로스의 노래'(이부풍 작사, 나소운 작곡,
설도식 노래, 빅타 1937), '마도로스 수기'(처녀림 작사, 이
재호 작곡, 백년설 노래, 태평 1939), '애상의 마도로스'(이
규남 노래 1939), '마도로스 발길'(이서구 작사, 와다 켄[和
田建] 작곡, 채규엽 노래, 태평 1940), '마도로스 일기'(김성

집 작사, 호소다 요시카츠[細田義勝] 작곡, 이규남 노래,
빅타 1940), '마도로스 파이프'(현정남 노래, 폴리돌 1940),
'꿈꾸는 항구선'(처녀림 작사, 이재호 작곡, 백년설 노래,
태평 1940), '마도로스 박'(처녀림 작사, 김교성 작곡, 백년
설 노래, 태평 1941), '해양아'(김영일 작사, 전기현 작곡,
태성호 노래, 태평 1942) 등이 그것이다. 당시 이 노래들
은 일본 엔카에서의 마도로스 테마 작품으로부터 큰 영향
을 받았다고 할 수 있다.

　내가 쓴 1936년의 작품 '마도로스의 노래'는 이서구 선
생의 가사 다음으로 박영호의 가사 '마도로스의 꿈'과 함
께 우리나라 전체 마도로스 노래 가운데 대략 두 번째 순
위에 해당한다.

절창 '조선팔경가'의 출현 배경

　다음으로는 '조선팔경가'에 대한 이야기다.

　나는 1936년 2월 폴리돌레코드에서 신민요 '조선팔경가'(편월 작사, 형석기 작곡, 선우일선 노래)의 가사를 쓰고 음반을 제작·발매해서 엄청난 대중적 반응을 얻었을 뿐만 아니라 히트까지 했다. 일제가 가혹한 침탈자의 본색을 노골적으로 드러내기 시작하던 1930년대 중반, 엄혹한 세태 속에서 이 노래는 조상 대대로 살아온 우리 국토의 아름다움에 대한 애착과 자부심이 서리도록 만들었다.

　민족의식이 점차 엷어져 가는 위기의 세태를 염려하고 노래를 통해 역사적 주체성을 회복시키려는 나의 간절한 마음을 담았다. 마침 같은 해 8월에 자랑스러운 한국인인 손기정(孫基禎, 1912~2002) 선수가 독일 베를린에서 개최된 제11회 국제올림픽의 마라톤 경기에 출전해서 우승한 감격이 있었던 터라 이 '조선팔경가' 음반은 한층 날개 돋친 듯이 팔려나갔다. 그런 영향이 매우 컸던 것으로 보인다.

이 작품에서 나는 우리 국토의 빼어난 아름다움과 경관에 대하여 민족적 긍지와 자부심으로 충만한 작품 의식을 시종일관 유지하려 했다. 모든 면에서 식민지 압제를 시행하고 있는 일본의 위세에 짓눌린 우리 겨레의 처지와 피폐한 심경을 위로하고 격려하려는 의도를 담았다.

국토의 수려한 경승을 모두 여덟 개로 나누어 그 첫 번째를 아름다운 금강산과 한라산으로 손꼽았다. 두 번째를 석굴암 일출로 연결했다. 세 번째의 대표적 경관은 저 북쪽으로 올라가서 부전고원과 평양으로 제시했다. 네 번째의 경관은 백두산 천지와 압록강의 뗏목을 담았다. 한반도에는 이 신민요의 노랫말에 제시된 경관 이외에도 수려한 곳이 더욱 많을 터이나 나는 이렇게 압축과 요약의 방법으로 전국의 명승지를 일목요연하게 정리했다. 이 가운데서 북한 지역의 명승지는 다섯 군데요, 남한 지역의 명승지는 세 군데다.

　　에 금강산 일만 이천 봉마다 기암이요

　　한라산 높아 높아 속세를 떠났구나

　　에헤야 좋구나 좋다 지화자 좋구나 좋다

　　명승의 이 강산아 자랑이로구나

　　　　　　　　　- 선우일선의 신민요 '조선팔경가' 1절

　　우리 국토의 여러 명소가 등장하는 신민요 '조선팔경가' 음반. 이 노래는 전체 4절 구성이다. 1절은 금강산과 한라산, 2절은 석굴암과 해운대, 3절은 부전고원과 평양, 4절은 백두산 천지와 압록강을 등장시킨다. 우리 국토에서 가장 아름다운 여덟 군데 절경(絶景)이 가사 속에 자리 잡고 있다. 이러한 배열이 무슨 우선순위를 뜻하는 건 결코 아니다. 이 노래 가사를 쓸 때 나는 편월(片月)이란 필명을 썼다. 조각달이니 만월을 향해가는 달이다. 현재의 불완전한 것을 노력으로 극복해서 완전한 것으로 만드는 악전고투하는 과정이다. 이 작품의 완성과 관련해서 재미있는 추억이 하나 떠오른다. 내가 가사 전문을 다듬어서 작곡가 형석기에게 주었다. 그는 작곡가 이면상(李冕相, 1908~1989)과 단짝 친구다. 이면상은 나와의 친분도 두터웠다. 이면상과 내가 함께 작업한 음반횟수는 28회가 넘는다. 아무튼 1935년 2월 어느 날, 형석기는 이 노래 악보의 초고를 엮어서 이면상의 집을 찾아갔다. 악상을 다듬고 악보의 완성을 함께 의논하려던 마음에서였다. 두 사람은 이마를 맞대고 콧노래까지 흥얼거리면서 마음에 들지 않는 부분을 밤새 고치고 다시 다듬었다.

이때 이면상의 아내가 밥 한 공기와 술 한 병이 놓인 상을 방 안으로 슬며시 넣어주었다. 이것은 친구와 더불어 어머님 제사를 모시라는 뜻이었다. 새벽 3시쯤 작품이 거의 완성되었을 때 이면상은 친구와 마주 앉아 감격의 축배를 들었다. 이상한 낌새를 느꼈던 아내가 다가와 슬며시 제사는 잘 모셨냐고 물었다. 그날이 바로 이면상 어머니의 기일(忌日)이었던 것이다. 이것도 모르고 두 사람은 오로지 '조선팔경가'의 작곡에만 심취해서 완성의 축배로 술병을 비우고 말았다. 몹시 난처해진 두 사람은 순간적으로 기지를 발휘했다. 완성된 악보를 상 위에 제물로 올리고 뒤늦게 어머니 제사를 모셨다. 저승의 어머니께서도 필시 두 사람의 심정을 이해하고 함께 기뻐하실 것이라 믿었다. 세월이 흘러 분단의 격동 속에서 두 친구는 남과 북으로 나뉘게 되었다. 이면상은 북으로 올라가고 형석기는 남쪽에 남았다. 분단 시기에 고향인 평양으로 올라간 이면상은 2001년 평양 문학예술 종합출판사에서 발간한 『계몽기가요선곡집』에서 그 시절을 회고하고 있다.

내가 세상을 떠난 지 한참 뒤에 들으니 두 친구의 슬픈 결별처럼 이 노래 또한 분단으로 말미암아 쓰라린 변화의 곡절이 생겨났다. 남과 북에서 제목과 가사가 제각기 기형적으로 바뀌게 된 것이다. 남한에서는 북한의 국호(國號)를 연상시킨다며 '조선팔경가'란 제목에서 조선을 빼고 아예 '대한팔경'으로 바꾸었다. 원곡 가사 전문에서도 북한 지명이 들어있는 3절과 4절은 단호히 삭제해버렸다. 바뀐 가사는 3절까지인데 강릉 경포대와 양양 낙산사가 뜬금없이 등장한다. 이렇게 원곡 가사를 변조·왜곡한 건 북한 쪽도 마찬가지다. 제목은 '조선팔경가'를 그대로 썼지만 가사에서는 남한 쪽의 지명인 한라산, 석굴암, 해운대 따위를 모조리 삭제했다. 그 빈 곳에다 금강산, 백두산, 총석정, 동해, 부전고원, 평양 등 북한 쪽 지명으로만 완전히 채웠다. 북한의 개작 가사에서는 남한 지역을 다룬 한라산, 석굴암, 해운대 등을 모두 삭제하고 오로지 북한 지역 일색으로 바꾸었다.

원곡의 형태는 사라지고 변조 왜곡된 가사만 남북에서 유통되고 있는 것이다. 분단의 모진 풍파가 이렇게 노래한 곡에까지 드센 강풍으로 휘몰아치게 되었으니 이토록 가슴 쓰라린 고통과 상처를 과연 어디 가서 누구에게 하소연할 수 있겠는가. 원곡 가사가 이토록 손상되었으니 작사자인 나로서는 쇠망치에 머리를 맞은 듯 정신을 수습할 길이 없다. 분단의 통한을 저승에서도 나는 겪고 있다. 하지만 그 원통한 심정을 전할 길도 없고 다만 망연자실할 뿐이다. 속히 분단을 끝내고 '조선팔경가'의 원곡 가사를 복원시켜 주기 바란다. 그것은 내 가슴속의 깊은 한

이기도 하다.

나는 이 무렵, 삶에 대한 회의에 빠져 있었다. 언제부터인가 일상적 일들에 즐거움이 없고 모든 것이 허망할 뿐이라는 덧없는 무상함이 내 온몸을 휘어 감았다. 자연히 내가 쓰는 가사작품에도 그런 빛깔이 슬그머니 묻어났다. 하는 일마다 신명이 돋고 생기가 감돌아야 하는데 그런 것이 사라졌다. 그 무렵 신민요로 쓴 '세월만 흐릅니다'의 노랫말에도 그러한 비탄과 허무의식이 서려 있다.

가는 봄 오는 세월 몇 번이나 바뀌었나

세상 생겨 지난 인생 몇 억으로 헤아리까

말이 없는 땅 위로는 세월만 흐릅니다

　　　　　　　- 선우일선의 신민요 '세월만 흐릅니다' 1절

〈사해공론〉지에서 열린 좌담회

1936년 11월 하순, 잡지 〈사해공론(四海公論)〉지에
서 좌담 초청을 해왔다. 주요 테마는 '조선문화의 재건을
위하여'다. 이 구체적 내용은 잡지 12월호에 실렸다. 서울
의 대표적 레코드 회사 문예부장들이 모인 자리에서 자신
의 경험담, 레코드 회사의 특별한 경험들을 듣는 기회였
다. 나는 제4분과의 '레코드문화를 위하여' 부분에 참가해
서 다음과 같은 발언을 했다. 여러 사람이 발언했는데 이
좌담에서 내가 발언했던 부분만 발췌해서 여기에 옮겨본
다. 그 내용들은 당시 나의 생각이나 활동들을 알려주는
중요한 지표나 이해의 도구로써 작용된다.

이날 좌담에는 여러 레코드사의 관계자들이 참석해 다

양한 발언을 했다. 하지만 그것을 모두 옮겨올 수는 없고 그날 내가 했던 발언의 부분만 간추려서 여기에 옮긴다.

◆ 제작 태도를 어떻게 취하는가?

박영호: 건건이 없는 찬밥덩이와 같은 우리들의 생활을 좀 더 윤택하게 하려는 데 있습니다.

왕평: 뭐라 여쭈면 좋을지 모르겠습니다. 사실은 문화 향상의 한 그릇이 되어야 할 레코드가 오늘날에는 영리를 간판으로 한 상업화가 되고 보니 그 제작 태도에 있어서도 부득이 대중을 상대로 한 상품으로서의 가치 여하를 먼저 주로 하면서 가장 소극적으로 문화적 임무를 이행하도록 한다는 것이 아마 거짓 없는 솔직한 고백일 것입니다.

◆ 시인들의 건실한 시가를 취입하면 어떠한가요?

왕평: 물론 좋은 일이며 또한 원하는 바입니다. 고명한 시인의 아름다운 시가를 취입한다면 그 얼마나 값있는 음반이 되겠습니까만 그러나 앞에서 여쭌 바와 비슷한 의미

에서 아직까지 대중적으로 볼 때 시기가 이른 감이 없지 않습니다. 더구나 현 레코드 업계를 장악하고 있는 소위 유행가는 그것이 절대의 대중적인 가치이고, 그 자체에 대한 독특한 기분과 이상한 맛이 있으니까요.

◆ 울리는 것이 팔리는가? 웃기는 것이 팔리는가? 씩씩한 것이 팔리는가?

왕평: '웃기는 것'이나 '씩씩한 것'을 일반이 싫어하는 것도 아니고 또는 업계 당사자들도 될 수 있는 대로 '명랑한 것'을 내고 싶으나 그 판매율에서는 아직은 '울리는 것'이 최고 순위를 차지하고 있습니다. 그것은 시대 사조의 영향을 받는 것이니 어쩔 수 없는 일인 줄 압니다.

◆ 조선 내에 있는 각 제작사를 참가케 하여 매년 한 차례 정도 레코드 콩쿠르로 레코드 문화의 질적 향상을 도모하면 어떨까요?

왕평: 대단히 좋은 생각입니다만 그러나 예술이라든가 문화라든가 하는 그런 관념보다도 개인의 영리를 먼저 생

각하는 상업적 경쟁에 있어서는 해보나마나 그리 뛰어난 결과를 얻기가 어려울 줄 압니다. 오사카에서는 각 레코드업자로 조직된 구라모 구락부에서 달마다 이 콩쿠르를 해옵니다만 아직 아무런 효력을 보지 못하고 오히려 레코드업계는 지난 시대보다도 더욱 퇴보하고 있습니다.

◆ 기생 가수의 존재는 어느 시대까지 지속될 것인가? 또는 영원히 레코드와는 분리할 수 없는 것일까요?

왕평: 글쎄요. 좀 어려운 문제입니다. 이 문제에 대해서는 주장이나 의견이 많은 터라 짧은 시간으로는 어떻게 할 수가 없으나 간단히 말하자면 음악을 전문으로 하시는 분들 중에서 일부가 서양음악의 과학적 지식을 기초로 하고 조선 음악의 연구와 수련을 쌓아 고유한 우리의 창법, 발성법을 능히 해득할 수 있을 때까지라고 볼 수밖에 없습니다. 유행가도 역시 서양악기의 반주로 되는 것이나 그 창법, 그 기분은 이 땅의 민요를 반분한 것이니까요.

성봉영화원을 만들다

1936년 중반, 나는 우리나라 최초의 영화감독인 이규
환(李圭煥, 1904~1982)과 자주 만나고 있었다. 그는 대구
출생으로 일본으로 건너가서 일본의 신흥키네마 소속의
영화감독 스즈키 주키치(鈴木重吉)의 제자가 되어 그에
게 감독 수업을 받고 귀국했다. 그가 서울에 머물 때 마
땅히 거처할 곳이 없어서 종로구 효자동의 내 하숙방을
함께 쓸 수 있도록 배려했다. 이규환은 나에게 깊은 감사
함을 표하며 서울에서 영화 제작과 관련된 많은 일을 함
께 의논했다. 그는 악극단 운영과 연극배우, 레코드 회사
문예부장으로서의 내 경력과 활동에 큰 관심을 보였다.
같은 대중문화 장르로서의 영화에 큰 관심을 가져줄 것

을 당부했다. 앞으로 영화산업이 문화계 일반에서 얼마나 중요한 역할을 하는지에 대해 틈만 나면 역설했다. 그러면서 나에게도 직접 영화 각본을 쓰거나 배우로서 직접 출연하기를 은근히 권유하기도 했다.

당시의 이런 교유가 바탕이 되어 나는 영화 '나그네'의 시나리오를 쓰고 주연배우로 출연했으며 이후 영화 '군용열차' 출연으로 이어지는 시간이 가능했을 터이다. 나는 이규환의 권유로 한동안 영화 시나리오 쓰기에 매달렸다. '나그네' 시나리오가 그것이다. 원고 쓰기에 밤낮없이 몰두했다. 제목을 '나그네'로 붙였다. 마침내 원고가 완성된 어느 날 이규환에게 보여주었더니 그는 한참 읽다가 좀 더 정독해본다며 가방에 넣었다. 사실 그 원고는 내가 어느 날 신문 기사를 읽다가 거기서 힌트를 얻어 쓰게 되었다. 철 따라 어로 작업장에서 임시고용인으로 일하다가 집으로 돌아간 한 청년이 가족사 문제로 살인을 저질러 경찰에 체포된 기사에 근거해서 써내려간 것이다. 어떤 점에서 본다면 이규환의 작품인 '임자 없는 나룻배'의 줄거리 원형과도 비슷한 부분이 적지 않다. 이규환은 며칠 뒤 나에게 이 '나그네' 시나리오를 다 읽었다며 내용을 높이 평가하고 칭찬했다. 뿐만 아니라 영화로 만들어보자는 제의를 해왔다. 나는 물론 흔쾌히 수락했다.

이규환은 나보다 나이가 세 살 많다. 나는 일본에 가서 영화 연출을 힘들게 공부하고 돌아온 이규환에 대해 각별한 존경심을 갖고 그를 정중히 응대했다. '나그네'가 일단 영화로 제작하게 되었다는 소식에 감격했다. 우리 두 사람은 '나그네' 촬영 때문에 더욱 밀접한 사이가 되었고, 현장 로케 일정을 앞둔 시점에는 대구에서 함께 지냈다. 이때 우리는 하나의 독립적인 영화 기획·제작소를 대구에 설립하기로 합의하고 그 명칭을 성봉영화원(聖峰映畫院)이라 했다. 연극계에서 뼈가 굵은 나의 오랜 연기 체험과 이를 신흥 산업으로 발돋움하는 영화사업과 연결시켜 나가자는 문화 첨병으로서의 역할과 중요성을 이규환은 틈만 나면 역설했다. 나는 전적으로 그의 관점과 주장에 동의하며 어떤 이견도 없었다.

〈매일신보〉 1936년 11월 29일 자에는 다음과 같은 기사까지 실렸다. 서울의 문화계에서는 이것이 커다란 화제가 되었는가 보다. 신문 기사의 하단에는 매일신보를 직접 방문한 성봉영화원 관계자들의 사진도 실렸는데 나는 그날 다른 급한 일이 있어서 함께 가지 못했다. 배우 문예봉과 이규환 감독, 그리고 일본인 감독 스즈키 주키치 세 사람의 모습이 보였다. 그런데 신문 기사에는 뜬금없이 영화 '나그네'의 원작 시나리오가 이규환의 작품이라고 쓰여 있었다. 아마도 이규환이 기자 인터뷰에서 그런 왜곡된 말을 했던 것으로 짐작된다. 나는 몹시 기분이 언짢았지만 당분간 그 문제에 대해서 이규환에게 어떤 내색도 하지 않았다.

이번에 새로이 창립된 성봉영화원에서는 제1회 작품으로 이규환 씨의 원작 '나그네'를 동씨의 감독하에 촬영하기로 되었는데 이 작품은 특별히 신흥키네마의 후원을 받아 남선 일대의 로케이   이 끝난 다음에는 세트, 촬영, 녹음, 기타를 신흥키네마에 가서 할 터이고 더욱 이규환 씨의 은사인 영목중길 씨의 내선(來鮮)을 구하여 그의 총지휘를 받기로 하였으며 촬영은 신흥키네마의 대구보진일(

大久保振一) 씨, 출연 배우는 문예봉(文藝峰, 1917~1999), 왕평, 박제행(1990~?), 독은기(獨銀驥, 1911~?) 제씨라고 합니다.

구체적 배역은 다음과 같다. 이성팔 역에 박제행, 이복룡 역에 나 왕평, 옥희 역에 분예봉, 박삼수 역에 독은기, 춘선 역에 홍영란, 의원 역에 박무명, 경찰 역에 김해풍, 농장수 역에 설광모, 독객(獨客) 역에 변종근, 기름 장수 역에 김태연 등이다. 이 영화의 규격은 10권 분량의 2750m, 개봉관은 명치좌(明治座)와 우미관(優美舘)이다. 개봉 기간은 1937년 4월 24일부터 5월 5일까지다. 수출이 예약된 나라들은 독일, 미국, 프랑스, 이태리, 일본 등이다.

영화 '나그네'의 대체적 줄거리를 옮겨보면 다음과 같다.

경남 밀양의 밀양강 기슭에 자리 잡은 어느 농촌 마을, 주민들은 월동 준비로 바쁘다. 이 마을을 향해 걸음을 재촉하는 청년 복룡은 한 해의 두 계절 동안 어장에 가서 품팔이로 고기잡이를 했다. 그리고 일을 마치고 지금 포항에서 집으로 돌아가는 중이다. 집에서 복룡을 기다리는 아내와 아기에 대한 그리움을 가슴에 품으니 마음도 발걸음도 힘차고 가볍기만 하다. 복룡의 아버지 성팔은 밀양강의 뱃사공으로 평소 완고하고 인색해서 주민들의 미움을 받았다. 복룡은 그런 아버지의 모습을 보는 것이 몹시 참을 수가 없어서 사사건건 아버지와 부딪쳤다. 이런 아버지가 아들 복룡이 없는 사이에 누군가로부터 죽임을 당하고 돈도 강탈당했다.

이처럼 열악한 환경 속에서 복룡의 아내 옥희는 아기의 약값도 제대로 치르지 못할 정도로 가난에 시달린다. 이 무렵 옥희를 탐내던 이발사 삼수가 슬며시 접근해서 아기의 약값을 치러 주고 환심을 얻는 척하면서 자기 집으로 끌어들여 겁탈하려 한다. 바로 이 시간에 복룡이 집에 돌아와 이웃집 아낙네에게 전후 사실을 듣고 삼수네 집으로 달려가 아내를 일촉즉발의 위기에서 구출한다. 한껏 분이 오른 복룡은 삼수를 죽인다. 아버지가 삼수에게 살해

된 사실도 뒤늦게 알게 된다.

하지만 복룡은 살인죄로 체포되어 포승줄에 온몸을 묶인 채 형무소로 들어간다. 복룡이 끌려가는 뒷모습은 기나긴 인생의 나그네길과 다름없었다. 형기를 마치고 출옥할 남편을 기다리는 옥희의 모습도 처량하고 쓸쓸하기는 마찬가지였다. 인생은 덧없는 나그네길이라는 깊고 우울한 이미지의 상징성이 관객의 가슴을 가득 채운다.

영화 '나그네'는 온갖 우여곡절을 겪은 끝에 마침내 개봉되었고, 관객은 인산인해로 밀려들었다. 당시 신문에는 경북 선산 출신의 영화감독인 김유영(金幽影, 1908~1940)의 영화비평문 '재비평(再批評)과 여담'이 세 차례나 연재되었는데 그는 영화 '나그네'에서 펼친 내 연기에 대해서 '단연 각 연기를 발휘한 왕평 씨'라는 대목을 통해 높이 평가하고 극찬하기도 했다. 그는 소설가 최정희(崔貞熙, 1906~1990)의 남편이었는데 일찍 죽었다. 어디 이뿐인가. 평론가 남궁인(南宮人)은 〈매일신보〉 1937년 4월 23일, 24일 자에 '조선 영화의 최고봉 〈나그네〉를 보고'

란 긴 평론을 실었다. 그는 이렇게 말했다.

예술은 그 정신과 표현이 제일선이다. '나그네'의 일편이 비조선적 제작, 비조선적 표정, 비조선적 자연, 또 조선적 음악으로 뭉쳐진 덩어리라고 한다면 나는 누구보다도 앞서서 이 영화를 배척하기에 주저하지 않으련만 이 땅의 흙냄새가 넘친다 하기보다 이 땅이 아니고서는 보지 못하고 듣지 못할 만큼 강렬한 향토색으로 두껍게 칠한 이 사진의 그 어느 누구에게서도 비조선적 정신과 표현을 발견하지 못하는 이상 나는 도리어 이 영화를 현재까지 출생된 조선 영화의 작품 중에서 가장 높이 평가하여야 할 최고봉으로 추천하고 싶다.

 - 영화평론가 남궁인의 글 '조선 영화의 최고봉 〈나그네〉를 보고' 부분

나는 이 한 차례의 영화 출연으로 각계각층의 주목을 받게 되었다. 서울 시내에 나가면 으레 영화 '나그네' 이야기가 화제의 중심이었다. 지금까지는 대중음악 작사가,

스케치, 넌센스를 비롯한 작가, 만담이나 극영화(劇映畵)의 음반 출연, 악극단 운영자로서 활동해왔으나 이제는 영화배우로서의 새로운 경력까지 보태어져서 나의 존재감은 뚜렷해지고 중량감은 한층 더해졌다. 그러나 영화 '나그네'의 효과에 대해서는 비판적인 여론도 있었다. 실질적 수익은 모두 일본이 걷어가고 성봉영화사의 수익은 너무 미미해서 일본 측에 이용만 당했다는 지적이 바로 그것이다. 내가 영화 '나그네'의 주연배우로 열정적 연기를 했던 것은 그 시나리오를 내가 썼기 때문이다. 그 애착 때문에 나는 마치 신들린 듯이 혼신의 연기를 했다.

다시 새해가 되었다. 1937년은 내 나이 스물아홉이 되던 해다. 빈손으로 서울에 올라와 거의 혼자서 이룩해온 풍찬노숙에 가까운 삶의 역정들이다. 특히 대중문화계의 판도는 얼마나 가파르고 아슬아슬하며 얼음판을 디디는 것과 같았던지. 잠시 방심하다가 삶의 중심을 잃어버리면 격렬한 풍파에 휘말려 소문도 자취도 없이 사라져버리는 곳이 바로 대중연예계가 아니던가. 나는 여전히 폴리돌레코드 문예부장으로서 나에게 맡겨진 업무를 충실히 수행했다.

　1월에는 이미 예정된 차례에 따라서 걸작집(상하) '추억의 노래(상하)'(선우일선 노래, 왕평·전옥대사, 폴리돌 19386AB)를 발매했다. 전체 구성은 내가 맡았고, 극중 대사는 전옥과 내가 함께 진행했다. 폴리돌레코드에서 발매했던 여러 작품 중에서 크게 히트했던 선우일선의 노래 세 곡의 부분을 삽입했다. A면에는 '꽃을 잡고'와 '피리소리', '신이팔청춘가'의 1절씩 부르도록 했다. B면에서는 역시 선우일선의 노래 '무지개', '놀고나지고', '원앙가' 등 세 곡의 부분이 들어갔다.

4부

시련과
오해의 세월

시련과 오해의 세월

　1937년 1월에는 신파극 '서러운 일요일'(상하)을 발표
했다. 이 음반에서 대본은 내가 썼고, 나는 극 중 주인공
의 아버지 역을 맡았다. 전옥이 비극의 주인공 영순 역으
로 출연했다. 삽입곡은 윤건영에게 맡겼다. 이 음반은 폴
리돌레코드 19387(AB)로 발매되었다. 영순은 가족과 이
별하고 어딘지 모를 위험한 곳으로 떠나게 된다. 떠나기
전 아버지께 먼저 작별 인사를 드리고 제사 공장 노동자
로 일하는 애인 희영과도 전화로 은근히 이별을 암시하는
대화를 나눈다. 영순은 둘이 함께 찍은 사진을 급히 보내
달라는 부탁을 한 뒤 떠난다.

　그런데 나는 이 음반에서 그 떠나는 곳이 과연 어디인

가를 명확히 밝히지 못했다. 그것은 징용이나 정신대로 분명하게 밝혀야 했지만 나는 그리하지 못했다. 그것은 절대로 발설할 수 없는 정치적 금기였으므로 단지 이별만 암시적으로 부각했을 뿐이다. 1930년대 중후반 가족의 작별이 무엇인지 그것은 그리 어렵지 않다. 나는 이 대본을 엮으며 헝가리의 피아니스트 레죄 세레스(Rezs・Seress)가 1933년에 연주한 노래인 '글루미 선데이(Gloomy Sunday)'의 우울한 분위기를 번안곡으로 설정해서 슬쩍 띄웠다. 이 곡은 처음엔 연주곡으로만 등장했고, 1935년에 이르러 야보르 라슬로가 우울한 내용의 가사를 붙였다. 세레스 레죄도 불렀고, 헝가리 가수인 칼마르 팔도 불렀다.

식민지 조선에서는 윤건영이 침통한 목소리로 이 노래를 불렀다. 우울한 분위기의 이 노래에는 저주가 걸려 있어서 수많은 청춘남녀를 자살 충동에 들게 했는데 이는 유행병처럼 번져나갔다. 팽환주(彭煥柱)가 번안한 노랫말을 작곡가 탁성록(卓星祿)이 편곡해 콜럼비아 레코드에서 '어두운 세상'(팽환주 작사, 콜럼비아 문예부 편곡,

탁성록 노래, 1937)이란 제목으로 직접 불러서 음반을 내었다. 전문 가수가 아닌 작곡가의 미숙한 창법으로 취입한 것이 이채롭다. 그것은 당시 아편 중독자였던 탁성록의 심경이나 처지와도 관련되어 있을 것이다. 하지만 탁성록의 노래는 1937년 10월, 내가 번안한 윤건영의 노래는 그해 1월이니 내가 쓴 가사가 우리나라 최초의 '글루미선데이' 번안곡으로 확인된다. 나는 노래 가사 본문에 '글루미 선데이' 글귀도 넣었다. 일본어 구음인 '구라이니찌(くらいにち)', 즉 '어두운 일요일'이란 구절도 함께 첨부했다. 가사 본문에도 '글루미 선데이'를 넣었다. 시대도, 사회도 전반적으로 침울하던 그 시기에, 이 '글루미 선데이'는 비극적 색조에 젖은 식민지 청년들에게 절대적 공감과 선호를 불러일으키며 기묘하게 부합되는 침울한 음악적 도구였다.

ⅰ) 교당의 종소리 들리는 날이면/ 그대와 만나던 옛날이 그리워/

오늘도 외로이 빈 뜰에 서서/ 영원히 떠나간 그대를

찾으며/

눈물이 어리어 목 메인 소리/ 아나요 그대여 서러운 이 맘/ 글루미 선데이

그대가 있을 때 즐겁던 이 마음/ 그대가 간 후에 서러운 이 마음/

죽음이 인생의 끝이라 하면/ 이별은 청춘의 마지막 이런가/

그대를 따라서 청춘도 가고/ 서러운 추억에 주름진 이 맘/ 글루미 선데이

- 한국 최초의 '글루미 선데이'(왕평 작사) 번안곡 '서러운 일요일' 전문

ii) 꿈같이 그리던 그 얼굴 더듬고/ 봄 하루 외로이 지내는 내 설움/

언제나 또 다시 네 이름 새겨서/ 다 묵은 추억에 이 밤을 새울까/

마음에 내 고향 가버린 옛날을/ 노래에 취하여 잊어나 버릴까/ 내 노래 찾아

사랑도 떠나고 봄꽃도 저버려/ 밤마다 맺히는 눈물의 곡절에/

마음의 장식도 쓸쓸히 마쳐서/ 이 세상 뱃길을 내 홀로 떠나리/

이슬에 깊은 잠 네 모양 사모해/ 풀잎을 헤매어 내 노래 찾으리/ 내 노래 찾아

- 같은 해에 발표된 '글루미 선데이' 번안곡 '어두운 세상'(팽환주 작사) 전문

탁성록 이야기가 나왔으니 망정이지 사람이 어찌 그렇게 변신할 수가 있는지 참으로 불가사의하다. 내가 세상을 떠난 지 한참 뒤의 이야기지만 작곡가 탁성록은 1930년대부터 아편 중독자였고, 해방 직후 잠시 마약을 끊었다. 그러다가 어느 고향 선배의 추천으로 뜬금없이 국방경비대의 군악대장직을 맡더니 1947년 돌연히 제주도로 건너가 장교 계급장을 달고 토벌대장이 되었다. 그때 다시 탁성록은 고질적인 아편 중독자가 되었다고 한다. 그

때 엄청나게 많은 제주 양민을 학살해서 악명이 높았고, 진주로 옮겨온 후에도 보도연맹원을 많이 학살했다고 한다. 험한 세월 속에서 한 인간이 어찌 이토록 악마처럼 변신할 수가 있는지 어안이 벙벙할 따름이다.

그해 2월에는 이화자가 부른 신민요 '실버들 너흘너흘'(추야월 작사, 박영배 작곡, 이화자 노래, 폴리돌 19393)을 발표했다. 이 음반은 대중의 반응이 좋아서 1939년 9월에 X-592번으로 다시 발매되었다. 이화자 창법의 아련함과 구성진 가락이 주는 매력이 대중의 호응을 이끌어내었으리라. 나는 이 작품의 노랫말을 작사할 때 이화자의 음색과 창법에 잘 맞는 효과를 깊이 헤아리면서 그에 맞는 소재를 이끌어내었다.

아우 태진이 일본 감옥에서 죽다

1937년 2월은 나에게 처절한 악몽의 시간이다. 왜냐하면 나의 사랑하는 동생 태진이 일본 유학 중에 체포되어 수감되었다는 전보를 받았기 때문이다. 집안에서 일본의 현장을 갈 사람이 마땅치 않아 내가 직접 가서 확인하기로 했다. 이 문제와 관련해서 아버지의 특별 전보까지 받았던 터라 내 마음은 더욱 무겁고 침통했다. 태진은 여러 형제 중 다섯 번째다. 그가 2월 26일 오전 8시, 일본 도쿄의 메이지대학 법과 학생으로서 유학 생활을 하던 중 조선인학생연맹사건에 연루되어 일경에 구속·수감된 것이다. 그런데 내가 일본 도쿄에 도착했을 때 아우는 이미 이 세상 사람이 아니었다. 수감 중 자살한 것으로 일본의 신문에 보도가 되었는데 여러 정황으로 볼 때 그는 일제의 고문으로 인한 옥사(獄死)가 아니었던가 여겨진다.

나는 아우의 시신을 인수하려고 황급히 현해탄을 건너 일본의 이치가야 형무소를 찾아갔지만 뜻을 이루지 못했다. 도쿄형무소에서는 태진의 죽음과 관련하여 최소한의 확인도 거절했고 놈들은 시신 인도조차 거부했다. 나는 아우의 죽음에 엄청난 충격을 받았다. 내 모든 활동이 마치 지진에 휩싸인 듯 무력감에 휩싸였다. 내가 충격과 슬픔에서 좀처럼 헤어나지 못하자 아우와 함께 살던 사촌 동생 응록(應祿)이 태진의 사망신고를 도맡아 처리했다.

이러한 심정적 격동을 겪던 끝이라 1937년의 음반 발표 활동 숫자는 눈에 띠게 줄었다. 2월, 6월, 8월, 9월, 11, 12월 등 모두 5개월가량은 아예 발표 음반이 전혀 없다. 저절로 그리 될 수밖에. 모든 일에 흥미를 잃고 매사에 소극적 태도로 바뀌어갔다. 하지만 어쩌랴. 나는 폴리돌레코드사의 문예부장이지 않은가. 음반 판매량을 늘려야 하고, 운영을 정상화하는 모든 책임이 나에게 주어져 있는 것이다. 뒤늦게 정신이 번쩍 들었다.

억지로 몸을 일으켜 업무에 임했다. 창작이라기보다는 기존의 발매 음반 중에서 꽤 반응이 좋았던 작품들을 추려서 내가 사이사이에 대사를 넣고 노래극처럼 엮은 음반을 하나 발매했다. 이것이 1937년 3월에 발매된 걸작집 '항구의 이별'(전옥·왕수복·윤건영 노래, 왕평·전옥·대사, 폴리돌 19396AB)이다. 노래는 전옥, 왕수복, 윤건영, 김용환 등이 맡았고, 대사는 나와 전옥이 담당했다. 가요 작품은 '청조야 왜 우느냐', '부두의 연가', '달도 집니다'(이상 A면), '울기는 왜 우나요', '능수버들', '상사초'(이상 B면) 등을 활용했다.

같은 3월에 선우일선의 신민요인 '지화자 좋다(이소백 작사, 임영일 작곡, 김용환·선우일선 노래, 폴리돌 19398) 음반 하나를 겨우 발매했다. 4월에는 걸작집이란 이름을 붙여서 '형매(兄妹)'[독창 김영길·김용환, 대사 妹(여급) 전옥, 형 왕평, 폴리돌 19402A]를 발매했는데 이 음반에서 전옥이 누이동생 역을, 내가 오빠 역을 각각 맡았다. 대사의 원고는 물론 내가 작성하였다. 노래 '국경의 밤'과 '고향은 몇 천리인가' 등과 '여정다한', '그리워라 그 옛날이', '

애원곡' 등 윤건영, 김용환, 왕수복, 선우일선이 불렀던 여러 곡을 대사 사이에 삽입했다.

4월에는 신민요 '무정도 해라'(편월 작사, 이춘추 작곡, 선우일선 노래, 폴리돌 19405) 한 편, 5월에는 신파극 '이국의 애화(상하)'(이운방 대본, 왕평·전옥 출연, 폴리돌 19408A) 음반을 겨우 발표했다. 왕성하고 의욕적으로 음반을 발표하던 예전의 그 리듬이 급격히 사라졌다. '이국의 애화'는 고향에서 사랑을 나누던 영자와 철수가 험한 세월에 먼 타관 객지로 떠돌아다니는 이야기로부터 시작된다. 철수는 온갖 고초를 겪으며 영자를 찾았지만 그녀는 이미 술집 여급으로 전락해서 비천한 삶을 살고 있었다. 게다가 고향으로 돌아가자는 철수의 제의를 완강히 뿌리치고 돌아선다. 오로지 돈밖에 모르는 영자의 냉혹한 변심에 철수는 뼈저리게 좌절하고 떠나간다. 하지만 영자는 철수의 성공을 위한 노력 앞에 자신이 결코 방해가 되어선 안 된다는 생각으로 일부러 사랑하는 마음을 감춘 채 거절한 것이다. 대체로 특별할 것이 없는 신파극의 보편적 구도를 그대로 옮겼을 뿐이다.

1937년 6월에 발매한 음반은 잡지 〈사해공론〉 3권 6호에 그 목록이 자세한 신보 소개 광고로 실려 있다. '세상은 제멋대로', '6월의 노래', '꼬리 빠진 처녀'(김용환, 폴리돌 19411), '망둥이 타령'(이화자, 폴리돌 19411), '사랑에 속고 돈에 울고'(문예봉·왕평·독은기 출연, 폴리돌 19414), '가지 말아요'(조영심, 폴리돌 19413), '낙화원(落花怨)'(김용환, 폴리돌 1941?), '패성보(浿城譜)'(이화자, 폴리돌 19412), '뱃노래'(전옥·윤건영, 폴리돌 19415), '봄노래'(선우일선, 폴리돌 19415) 등이다. 7월에는 '승방애화(僧房哀話)'란 별칭을 달아서 '항구의 일야 후일담'(왕평·전옥·윤건영 출연, 폴리돌 19427)이라는 제목의 음반을 발표했다. '항구의 일야' 시리즈는 본편, 후속편, 추억 편, 후일담(後日譚) 편 등으로 나누어 하나의 연속성을 지닌 대본으로 엮어서 완성했다.

영화 '나그네'의 주연배우로 발탁되다

1937년 10월에는 '전지 미담(戰地美談)'이란 테마를 앞세워 '소년용사(상하)'(왕평·나품심 출연, 폴리돌 19447)를 음반으로 내었다. 이 대본에는 내가 사랑하는 만담가인 나품심(羅品心)이 나와 함께 출연했다. 이미 일본은 그때부터 모든 활동을 오로지 전쟁 분위기로 휘몰아가고 있었다. 총독부에서는 서울의 각 레코드 회사에 공문을 보내어 전시체제에 적극적으로 협조하기를 권고하면서 발매하는 음반에도 그러한 분위기를 고취시킬 것을 노골적으로 압박해왔다. 사실 이 음반은 이러한 강압적인 여건 속에서 쥐어짜듯 발매한 것이다. 표면적으로는 권유지만 실질로는 강제였다. 그러니 한 레코드 회사의 운영을 총괄하고 있는 문예부장으로서는 어쩔 도리가 없이 전시체제에 협조하는 시늉을 해야만 했다. 이러한 여러 불편한 환경 때문에 나는 레코드사 업무가 점점 싫어지고 심한 피로를 느끼게 되었다. 그런 여건 속에서 오히려 내가 늘 꿈꾸었던 영화 장르 쪽으로 관심의 방향이 쏠리게 된 것은 자연스러운 추세였다.

1937년 가을, 나는 왕평은 이규환 감독이 제작하는 영화 '나그네'(전 10권 분량)에 주연배우로 출연했다. 사실 이 영화의 시나리오는 앞에서도 여러 차례 이야기했지만 내가 구상하고 집필한 작품이다. 그런데 여러 기록에서 이규환의 집필 작품으로 잘못 나오고 있어서 나는 그것을 이 기회에 명확히 바로잡으려 한다.

이규환 감독은 일본에서 돌아온 직후 머물 곳이 없자 나의 효자동 하숙집에 같이 기거하고 있었다. 내가 그에게 편리를 봐준 것이다. 그런 어느 날 나는 내가 써둔 시나리오 한 편의 원고를 이규환에게 보여주었다. 그는 몹시 반색하며 영화로 만들면 아주 어울리는 작품이라고 말했다. 이규환은 제목을 '나그네'로 고쳤다. 영화 '나그네'의 제작은 이렇게 해서 시작된 것이다. 그런데 이규환은 영화를 홍보할 때 여러 신문 기자나 잡지사와의 인터뷰 자리에서 시나리오 원작을 자신의 작품으로 슬쩍 둔갑시켰다. 내가 이 문제에 대해 불만과 이의를 제기하자 이규환은 이런 내 불만을 가라앉히려고 나를 주연배우로 출연시키겠다고 말했다. 이것은 도의상 옳지 않은 일이지만 나 역시도 소란으로 문제를 해결하는 것이 그리 탐탁지 않아서 그것을 더 이상 문제 삼지 않고 그냥 얼버무리며 넘어간 책임도 있다. 아무튼 이런 여러 가지 불편함 속에서 영화 '나그네'의 촬영 일정은 속속 정리되었다.

이규환은 서둘러 일본으로 갔고, 거기서 자신의 스승인 스즈키 주키치를 만나 협의했다. 스즈키는 일본 영화 회사인 신코키네마에 소속된 감독이었는데 작품 원고를 보자마자 합작(合作)에 적극적으로 동의했다. 그러므로 이 영화는 일본인 감독 스즈키 주키치의 주선으로 신코키네마와 합작한 작품이다. 하지만 말이 합작이지 전권을 일본 측에 넘긴 것이나 마찬가지다. 우리 쪽에서는 나와 이규환이 설립한 성봉영화원 이름으로 전체 스태프를 조직하고 주연배우들과 함께 여장을 꾸려서 일본으로 떠났다. 도쿄의 긴자에서 우리를 맞이하는 성대한 환영식이 열렸다. 그 후 일본에서 머물며 기본적으로 필요한 세트 촬영 및 녹음, 현상 따위를 신속하게 진행했다. 틈틈이 부족한 장면 부분을 조선으로 돌아와서 채워 넣었다.

　나는 당시의 인기배우 문예봉, 고영란 등과 함께 주연배우로 출연했는데, 영화 대본의 원작자로서 연출까지 담당했다. 조선의 민족적 정서와 향토색이 짙게 묻어나는 테마로 구성된 이 작품은 이규환 감독의 출생지인 대구 근교 달성군 지역의 낙동강 사문진(사문진) 나루터에서 주로 촬영되었는데, 이 감독의 총지휘하에 일본인 기술자들이 카메라와 현상 및 녹음 활동을 맡았다. 전체 촬영지는 서울의 한강, 뚝섬나루, 이규환의 고향 대구 근교의 낙동강 사문진(寺門津) 나루터 등을 두루 돌아다녔다. 영화 작품 하나를 완성하기 위해 분주히 뛰어다닐 때는 즐겁고 행복했다. 내가 원초적으로 갈망했던 분야는 바로 영화 쪽이었다. 지금도 사문진 나루터에 가면 영화 '나그네'를 촬영한 이규환 감독의 영화비를 볼 수 있다.

이규환 감독에게 있어서 초기작인 '임자 없는 나룻배'가 자신의 무성영화 시기의 대표작이라면 영화 '나그네'는 발성영화인 토키시대의 대표작이라 할 수 있다. 이 작품은 개봉 이후 전작과 함께 향토적인 정서와 생활 묘사를 바탕으로 해서 리얼리즘 전통을 구축한 영화로 높은 평가를 받았다. 뿐만 아니라 이 영화 작품은 이른바 조선과 일본의 합작영화의 시발이라는 점에서도 많은 주목을 받았고 세간의 화제가 되었다. 한일 합작이 가능했던 것은 이규환이 공부했던 일본의 신코키네마와 스즈키 주키치(鈴木重吉)라는 인맥이 있었기 때문이다.

그런데 당시 체결한 합작 계약에 따라 일본 측이 거의 모든 전권을 가져갔다. 조선의 영화사 성봉영화원이 원작 시나리오를 제공하고, 감독과 배우를 선정했으며 로케이션의 촬영도 제공했다. 그러나 카메라와 촬영기사, 현상, 녹음, 세트 촬영은 모든 것을 갖춘 일본 측이 도맡았다. 하지만 그다음이 문제였다. 조선을 제외한 모든 지역의 흥행권은 신코키네마가 모조리 관리한다는 불리한 조건이었다. 신코키네마의 오이즈미 촬영소에서 완성된 영화 '나그네'는 맨 처음 일본어 더빙판이 제작되어 일본 전국에서 상영되었다. 그 후 신코키네마를 통해 유럽의 프랑스와 독일로 수출되었다. 그렇지만 성봉영화원에서는 일본 측에 어떠한 항변이나 요구도 하지 못했다. 이규환 감독 자신도 어느 인터뷰에서 '약소민족의 비애'라고 회고한 영화 '나그네'의 제작 과정은 많은 논란을 불러일으켰다. 당시 조선 영화계가 처음으로 경험한 합작영화 조건의 불리함뿐만 아니라 이른바 영화 작품에 대한 '국적' 논란까지도 일었다.

영화감독 이규환과의 불화

이 영화는 내가 1940년에 세상을 떠나고 해방 후인 1961년 이규환 감독이 이 작품에 대한 애착과 미진함 때문에 원작을 새로 다듬고 복원해서 영화 '나그네'(이강천 감독, 협립영화사 제작)로 다시 제작했다. 이 감독도 미련을 가졌던 것으로 보인다. 아무튼 영화 '나그네' 촬영과 관련해서 이규환 감독이 어느 영화감독과 대담했던 기록을 다시 찾아보기로 한다. 그 기록에서 이규환은 내 이야기를 꺼내고 있다. 그런데 그 내용이 마땅치 않다.

후배 영화감독 김영일과 나눈 대담인데 거기서도 이규환은 '나그네' 대본을 자기가 쓰고 완성했다는 왜곡된 발언을 하고 있다. 지금 이 기회에 다시 밝히는 바이지만 영화 '나그네'의 원작은 분명히 내가 쓴 작품이다. 하지만 영화 제작 과정에서 어느 때부터인가 이규환이 슬그머니 자기 이름으로 바꿔치기했다. 나는 그것이 몹시 불쾌했지만 이규환이 이 영화의 총감독을 맡고 있었으므로 거기에 대해 어떠한 이견도 달지 않았다. 하지만 내 마음속에서는 이 문제에 대한 그에 대한 불만이 항시 떠나지 않았다. 뿐만 아니라 영화 '나그네'의 제작과 관련해서 일본 측과 맺은 계약의 내용은 우리 성봉영화원 측에서 볼 때는 지극히 불리한 것이었다.

일본 측에서는 이 작품의 세계성에 대한 감각을 확인한 뒤로 몹시 적극적으로 매달렸다. 우리 출연진이 처음 일본에 도착했을 때 신흥영화사에서 나와 엄청난 환대를 하였지만 그것은 어디까지나 표면적 의례에 불과했다. 개봉되고 해외로 수출된 후의 실질적 소득 부분에서는 는 일본 측이 모든 것을 독점하고 장악했다. 영화가 개봉되었을 때 우리는 조선에서의 흥행권만 가질 뿐이지 일본 측이 해외로 수출해서 어떤 수익을 얻게 된다 하더라도 거기에 대해서 우리 성봉영화사는 어떠한 요구도 할 수 없었다. 즉 불리한 계약이었던 것이다. 전체 제작이나 기술, 촬영과 관련한 비용을 일본 측이 거의 부담했으므로 우린 그저 울며 겨자 먹기 식으로 끌려갈 수밖에 없었다. 우리는 원작 시나리오의 제공과 출연 배우의 선정을 도맡아 했으나 돌아오는 것은 오직 조선에서의 흥행권과 수익뿐이었으니 지극히 제한적이었다. 총체적으로 정리하면 영화 '나그네'는 오로지 일본 신코키네마의 돈벌이를 위한 도구에 불과했던 것이다.

그 작품으로 벌어들이는 수익 중에서 우리가 차지하는 비중은 극히 일부에 지나지 않았다. 나는 이규환과 대화를 나눌 때마다 이 영화가 오직 신코키네마를 돈 벌어주게 만들고 우리에게 돌아오는 것이 무엇이냐고 불만을 제기하며 따졌다. 이 때문에 나는 이규환과 사이가 벌어지고 차츰 어색한 관계가 되었다. 그는 나와 대면하는 자리를 일부러 회피했다. 여기저기서 이규환이 나를 비난하고 다닌다는 소문까지 들렸다. 심지어 내가 영화 제작 자금을 착복했다는 흉측하고도 터무니없는 마타도어까지 있었다. 일방적으로 당하는 나로서는 참으로 억울한 일이 아닐 수 없었다. 이규환이 일본에서 돌아와 서울에 마땅히 거처할 곳이 없었을 때 나는 그에게 친절하게 잠자리를 제공했고, 우리는 오직 영화예술이란 부분에서 서로 공감했었다. 뿐만 아니라 영화 '나그네'의 조선 제작 부분을 촬영하기 위해 제작비를 마련할 때 내가 폴리돌레코드 사업부를 찾아가 설득하고 긴급자금까지도 빌려서 제공했다.

하지만 그 후 영화 '나그네' 제작과 관련해서 각종 이해관계가 발생하게 되자 그는 나를 모질게 견제하고 기피하기 시작했다. 작품의 원작자 표기 부분에서도 나를 지우고 자기 이름을 서슴없이 집어넣지 않았던가. 이규환은 마치 자기가 이 작품의 모든 구상과 집필을 전담한 것처럼 여기저기에 말하고 다녔다. 나는 그 문제뿐만 아니라 이규환의 처신 때문에 감정이 몹시 상해서 그를 대면하는 것이 너무도 두려워졌다. 그의 지나친 공명심에 소름이 끼쳤다.

그는 위의 대담에서 내가 이규환과 스즈키 감독을 이간질했다는 식의 참으로 입에 담을 수 없는 못된 망언을 서

습없이 내쏟았다. 우리가 한때 친밀했던 사람으로 어찌 이런 험담을 마구 쏟아낼 수 있단 말인가. 뿐만 아니라 그는 금전적인 문제까지 슬며시 떠올리며 내 자존심에 상처를 주었다. 이런 일은 동료 간에 있어선 결코 저질러서는 안 될, 자존심을 극도로 상하게 하는 금기였다. 인간관계가 한결같지 않았기 때문에 결국 한 친구의 배신으로 말미암은 상처와 얼룩만 잔뜩 쌓아놓은 채 그와 나는 더는 이승에서 만날 수 없게 되었다. 우리는 어떠한 것도 해결하지 못한 채로 생사로 갈라서고 말았다. 내가 먼저 세상을 떠나서 그의 기분이 후련했을까. 아니다. 인간은 누구나 죽는다. 앞뒤 차례만 잠시 다를 뿐이다. 세상살이에서 이런 일은 반드시 일어날 수 있는 일이라고 자신을 위로했지만 당시에는 너무도 억울했고 그에 따른 가슴앓이나 심리적 고통이 컸었다.

후회스러운 영화 '군용열차' 출연

드디어 내 나이 서른이 되는 1938년이 밝았다. 세상은 온통 일본이 일으킨 전쟁으로 어수선하고 소란했다. 모든 것이 오로지 전쟁 수행으로 집중되어야 한다는 주장과 역설을 일제는 신문과 방송, 심지어 레코드 회사까지 압박하고 강제했다. 달리 발매할 만한 음반도 없었고, 의욕과 흥미도 반감되었다. 그해 3월에는 여러 해 전에 여러 레코드 회사에서 발매했던 인기곡 '황성의 적'(왕평 작사, 전수린 작곡, 이애리수 노래, 폴리돌 19472) 음반을 리바이벌로 다시 찍어내었다. 5월에는 유행가 '잊으리 그 옛날을'(편월 작사, 스기야마 하세오[杉山長谷夫] 작곡, 전옥 노래, 폴리돌 X502) 음반을 전옥의 노래로 발표했다.

음반 제작과 발표는 현저히 줄어들었다. 사실 그해 연초부터 나는 영화 '군용열차(軍用列車)'의 주연배우로 발탁되어 줄곧 촬영하러 다니느라 폴리돌 업무에 충실할 틈이 없었다. 성봉영화원과 일본 도호(東寶)영화사의 합작으로 만든 이 발성영화의 시나리오는 이규환이 썼고, 서광제(徐光齊, 1901~?)가 총감독을 맡았다. 각색은 이규환, 조영필, 일본인 기꾸치 모리오(菊池盛夫)가 담당했다. 이 영화는 1937년 중일전쟁의 발발로 일본의 대외침략이 빈번하던 시기에 만들어졌다. 제작은 홍찬(洪燦, 1909~1964)과 일본인 다니구치 센기찌(谷口千吉)가 담당했고, 촬영감독은 양세웅(梁世雄)이다. 출연 배우는 나, 문예봉, 독은기, 일본인 여배우 사사키 노부코(佐佐木信子) 등이다. 이 영화에 나를 주연으로 부른 사람은 서광제 감독이다. 각본이 이규환이란 사실이 그리 탐탁지 않았지만 영화 출연에 대한 욕심이 앞선 나머지 선뜻 수락하고 말았다. 나중에야 뒤늦게 알게 된 것이지만 나의 출연 결정은 섣부른 것이었다.

주인공인 군용열차의 철도 기관사 김점용 역은 내가 맡

았다. 김영심 역은 문예봉, 최철 역에 김한, 스파이 역은 문동일, 박수영 역은 박무명, 영심의 양모(養母) 역은 이채전, 문옥경 역에 이인순, 신원철 역은 독은기(獨銀麒), 정석장 역은 일본인 사사키 노부코(佐佐木信子), 김일용 역은 고바야시 시게시로(小林重四郎)가 각각 맡았다. 전체 규격은 8권 2,004m, 개봉일은 1938년 6월 29일부터 7월 3일까지다. 촬영은 1938년 3월 5일 시작되었다. 이 영화에 등장하는 군용열차는 부산, 경성, 만주를 왕복하는 일본군 운영의 무기나 폭약, 군수품 따위를 운송하는 임무를 맡은 열차를 가리킨다. 전체 내용을 간추려보기로 한다.

점용과 원진 두 사람은 친구로서 열차 기관사로 일한다. 성실한 점용은 군용열차를 운전하는 명예기관사로 임명받게 된다. 원진은 기생으로 일하고 있는 점용의 여동생 영심을 사랑하고 그녀를 권번에서 빼내려고 돈을 마련하려는 노력을 한다. 이때 중국 첩자에게 매수되어 열차 운행 시간 등 각종 기밀 정보를 수집해서 넘긴다. 하지만 곧 자신의 행동에 죄책감을 느끼며 일본 경찰에게 자수하고 군용열차 테러범들은 일망타진된다. 원진은 조국 일본에 죄를 지었다는 양심의 가책을 느끼고 친구 점용이 운행하는 열차에서 투신자살을 하게 된다. 점용에게는 황군의 무운과 동아시아 평화를 기원하는 유서를 남긴다. 점용은 군용열차 기관사로서의 첫 운행을 무사히 마치며 친구 원진의 넋을 위로한다.

말하자면 이 영화는 일본이 수행하는 중일전쟁에 대해 식민지 조선의 백성들이 어떤 마음자세를 가져야 하는지 군국주의 정책을 적극적으로 반영하고 홍보하며 각성시키려는 일제의 정략적 의도를 담았다. 조선총독부가 우수 영화로 지정하고 추천했으며 식민지 조선에서는 물론 일본에서도 상영되었다.

나는 이 영화에서 열차 기관사 점용의 배역으로 출연했다. 문예봉이 누이동생 영심으로, 원진의 배역으로는 대구 출신 배우 독은기가 맡았다. 지금 냉정하게 생각해보니 이 영화에 내가 출연했던 것은 처음부터 잘못이었다.

절대로 출연해서는 안 될 군국주의를 선전하는 영화에 경솔하게 출연해서 내 삶에 오점을 남겼다. 영화라면 그저 심취하고 무조건 관심을 쏟았던 나의 무분별함 때문에 이런 치명적 얼룩이 생기고 말았다. 결국은 영화 '나그네' 때문에 이규환과 사이가 멀어지고, 또 이 '군용열차' 출연 때문에 나는 돌이킬 수 없는 친일파로 낙인찍히고 말았다.

　나, 왕평은 일찍이 민족의 노래인 '황성옛터'를 작사한 이력이 있지 않은가. 그런 내가 이규환과 성봉영화원을 설립하고 이 '군용열차' 촬영을 마지막으로 나의 존재감은 현저히 빛을 잃고 말았다. 게다가 영화 '군용열차'의 제작·운영을 총괄했던 홍찬은 성봉영화원을 우리 몰래 은밀한 계약의 방식으로 조선영화사에 매각해버렸다. 그의 얼렁뚱땅한 사기꾼 기질이 결국 이런 가공할 사태를 저지르고 만 것이다. 우리는 뒤늦게 이 사실을 알고 몹시 분개했지만 이미 때는 늦었다. 주변의 여러 사람이 나를 의심하고 오해했다. 성봉영화원이 안개처럼 사라지게 된 경위에 대해서는 나도 참 할 말이 많다. 내가 홍찬 씨와 공모해서 성봉영화원을 팔아넘겼다는 악질적인 소문까지 돌았다. 이규환 감독도 아마 그런 여론에 휩쓸려 든 듯하다. 그 때문에 나와의 사이가 더욱 서먹해져 버렸다.

애당초 벅찬 꿈을 안고 설립한 성봉영화원을 더욱 발전시키고 키워보자는 뜻으로 조선영화주식회사와 합작하려던 순수한 의도가 결국은 홍찬이라는 자의 검은 흉계와 술수에 휘말려 매각대금도 잃고 성봉영화원도 해체되고 말았으니 여기에는 이 사태를 막아내지 못한 나의 책임도 컸다. 하지만 그 혼란의 과정에서 이규환 감독조차 내가 성봉영화원을 매각한 자금을 착복했다며 비난하고 다녔으니 이것이 나로서는 가장 커다란 아픔이자 충격이었다. 언론과 사회 여론에서도 나를 곱지 않은 눈으로 바라보았다. 배우 문예봉도 똑같은 시각으로 나를 비판하였다. 문예봉의 심정적 허탈감과 분노를 충분히 이해하고도 남았다. 어렵고 힘들 때 함께 고생했던 동료들이 아니었던가. 일이 어떻게 되었던 나의 방심과 판단착오로 사기꾼 일당에게 성봉영화원을 강탈당하고 날려버린 것은 분한 일이었다. 그 과정에서 운명의 독화살은 나를 향해서 집중적으로 날아왔다. 나는 그 화살에 심장을 맞았다. 나는 그때의 오해에서 여전히 벗어나지 못하고 있다.

이규환은 일제 말 당시 징용을 피하려고 경기도의 어느 산골로 숨어들어가 있었다. 나는 그간 방치했던 폴리돌 레코드 운영으로 다시 복귀했다. 하지만 나의 심신은 허탈하기 그지없었고, 모든 것은 텅 빈 상태로 빈털터리였다. 무언가를 도모하다고 했지만 하는 일마다 본의와는 어긋나버리며 실패로 주저앉고 말았던 것이다. 인생에서는 결코 하지 말아야 할 일과 해야 할 일을 냉엄하게 분별하고 실천하는 분명한 판단력을 가져야 하는데 그 '군용열차' 출연은 내가 결코 하지 말았어야 할, 일생일대의 실책이었다. 이후로도 내가 그토록 갈망했던 두어 차례의 영화 출연 기회가 있었지만 그것을 결국 내 삶의 어떤 획기적 변화나 상승에 최소한의 기여로 이어가지 못한 채 오점과 상처만 깊은 후유증으로 남겼을 뿐이다. 생각할수록 안타깝고 허전한 일이 아닐 수 없다. 1938년 6월 29일, 약초극장(若草劇場)에서 말썽 많은 영화 '군용열차'가 개봉되었다. 하지만 이 영화에 대한 관객의 반응은 소극적이었다. 그 후로 이 영화의 존재감은 급격히 잊혀 갔다.

살아가는 일에 신명이 나지 않았고, 몸의 기력도 점점 떨어지는 것을 느꼈다. 그해 12월에는 과거 폴리돌에서 발매해 큰 인기를 모았던 신민요 '조선팔경가'(편월 작사, 형석기 작곡, 선우일선 노래, 폴리돌 X502) 음반을 리바이벌로 다시 제작해서 시중에 내어놓았을 뿐이다. 신민요 '안개 낀 섬'(편월 작사, 김용환 작곡, 김용환 노래, 폴리돌 X506)도 그 시기에 나왔다.

김용환이 부른 이 노래 가사에는 사랑했던 님을 떠나보내고 삶의 의욕을 온통 잃어버린 한 여인의 애달픈 가슴과 서러움을 담았다. 그것은 당시 내 심정을 그대로 반영한 것이기도 하다. 한 해가 가기 전에 스케치 음반인 '도회의 밤거리(상하)'(왕평 작, 왕평·이경설 출연, 폴리돌 X507)를 내었는데 이것은 세상을 떠난 이경설의 생전에 발표했던 음반을 다시 낸 것에 불과하다.

새로 1939년이 밝았다. 세상은 갈수록 점점 더 전쟁 분위기로 뒤숭숭했다. 햇빛마저도 어둡고 우울한 느낌이었다. 거리에서는 확성기에서 나오는, 전쟁터로 떠나는 지원병들을 격려하는 군가 소리가 들렸다. 일본식 작업복

인 몸뻬(もんぺ) 바지를 입은 여인들이 침울한 표정으로 여러 곳의 노역장으로 동원되어 행진하는 풍경이 보였다.

1월 초에는 신민요 음반인 '말씀하세요 네'(편월 작사, 박영배 작곡, 이화자 노래, 폴리돌 X514)를 비롯해서 4장의 레코드를 발매했다. 유행가 '인생의 봄'(왕평 작사, 전기현 작곡, 왕수복 노래, 폴리돌 X516), 넌센스 '총각과 처녀(상하)'(왕평·김용환·이경설 출연, 폴리돌 X519), 신파극 '항구의 일야(1-8)'(이응호 작, 왕평·전옥 출연, 폴리돌 X520-3) 음반 등이 그것인데 모두 리바이벌로 찍어낸 과거의 것들이다.

잡지 〈조광〉 좌담회 참석

1939년 1월 23일 오후 3시 조선일보에서 발간하는 잡지인 〈조광(朝光)〉에서 좌담을 요청해와서 참석했다. 제목은 '레코드계의 내막을 듣는 좌담회', 장소는 조선일보 영업국장 응접실이었다. 이 좌담에는 구완회(具完會, 콜럼비아), 왕평(폴리돌), 박영호(태평), 이면상(빅타), 방희택(方熙澤, 오케) 등 각 레코드사를 대표하는 문예부장과 조선일보의 이훈구(李勳九, 1896~1961)와 함대훈(咸大勳, 1896~1949) 등이 참석했다. 이날 열었던 좌담은 〈조광〉지 1939년 3월호에 게재되었다. 그 자리에서 펼쳐진 이야기 중에는 우리 대중음악사에서도 흥미로운 내용이 많아서 여기에 옮겨본다. 들은 이야기는 너무 길어서 주로 내가 발언했던 내용들만 간추려서 소개한다.

◆ 사변(중일전쟁) 전후의 유행가

왕평: 사변을 전후하여 폴리돌에서도 조선어판으로 애국가를 냈었는데 판매 실적으로 보아서 그리 양호하지는 못했습니다. 결국 유행가는 어디까지든지 유행가이니까 거리에서도 부르기 좋고 부르기 쉬운 그러한 성질의 것이 아니면 안 될 것이라고 생각합니다.

◆ 왕수복과 선우일선

함대훈: 다음에는 가수를 얻기까지의 여러분의 고심담을 좀 이야기해 주십시오.

이면상: 그건 좀 곤란한데.

김래성: 물론 각사의 비밀도 있겠지만은 그 곤란한 이야기를 좀 해주셔야지요. 어떻게 어떤 방법으로 가수를 발견하며 가수로서의 교육을 하는지에 대해서 재미있는 이야기가 많을 줄 압니다.

왕평: 하나 이야기합시다. 폴리돌에서 왕수복을 끄집어

낸 이야기인데 순전한 기생으로서 레코드계에 처음 출현한 사람은 아마 왕수복일 겁니다. 이건 참 대단히 비겁한데…. 처음 왕수복을 발견하기는 폴리돌이 아니고 다른 어떤 회사였습니다. 가령 그 회사를 A 회사라고 가정하고 그 A 회사에서 먼저 왕수복을 평양에서 발견하고 테스트해보니 그리 나쁘지 않으므로 하여튼 동경으로 데리고 가서 취입시켰는데 A 회사에서는 왕수복의 성공 여부를 무척 의심스러웠습니다. 그런데 그때 역시 폴리돌에서 일을 보고 있던 나는 동경에서부터 왕수복의 미성이 괜찮게 생각되어 돌아오는 기차에서 그를 붙들고 설득하여 마침내 평양까지 와서 차에서 내려 한 주일 동안 행방을 감추었지요. 그때 알아보니 왕수복은 아직 어느 회사와도 구체적 관계를 맺지 않은 자유로운 몸이었습니다. 그래서 왕수복과 폴리돌 회사가 정식으로 계약을 맺도록 하였지요. 자, 계약을 맺기는 했으나 어쩌면 A 회사에서 취입한 것보다 나아야 하겠기에 매우 고심한 결과 작곡을 전기현 씨에게 부탁해서 처음으로 세상에 내놓은 것이 저 '고도의 정한'입니다. 그때 내지반(內地盤)으로는 '시마노 무스

메(島の娘)'가 한창 유행하고 있었는데 어딘가 이 곡조에 비슷한 데도 있고, 그리고 그것을 왕수복의 고운 목소리로 길게 뽑아 넘기는데 인기가 있었답니다. 그때 여가수로는 조선에서 왕수복이 제1인자였습니다.

그 후 약 1년이 지나서 선우일선이 데뷔했지요. 그런데 이 선우일선이 데뷔하기까지의 이야기를 하자면 평양 기생 선우일선이 노래를 잘한다는 말을 듣고 평양으로 내려가서 그녀의 노래를 들어보았습니다. 그런데 번쩍 귀에 들어오는 그 고운 목소리에 반했습니다. 그래서 그녀를 데리고 서울로 와서 김억 작사, 이면상 작곡의 '꽃을 잡고'라는 신민요를 냈는데 이것이 말하자면 왕수복의 '고도의 정한' 이상으로 인기가 있었지요. 하여튼 우리는 어떤 가수를 발견한 다음에 어떤 곡조, 어떤 가사를 부르게 할지 고심합니다. 아무리 유망한 가수라도 그 가수에 맞지 않는 곡과 가사를 부르게 하면 실패입니다. 선우일선의 경우에도 그런 점에 있어서 퍽 고심하였습니다. 그런데 지금까지의 경로를 가만히 보면 선우일선이 부른 곡은 전부가 이면상 씨의 작곡이었습니다. 이면상 씨의 곡과 선우일선의 목소리에는 그 어떤 점에서 서로 잘 어울리는 데가 있지 않은가 생각합니다.

이면상: 폴리돌에서 빅타의 칭찬이야. 하하.

일동: 하하하

◆ 장세정과 이난영

함대훈: 도별로 보면 어느 도에서 가수가 가장 많이 났습니까?

왕평: 서도가 가장 많지요. 우리 폴리돌 가수들의 대부분은 평안도 출신입니다.

함대훈: 히트 음반으로 가장 많이 팔린 것은 대개 얼마나 되나요?

박영호: 일만 매가량이 최고일 겁니다.

왕평: 레코드의 생명엔 길고 짧은 것이 있는데 어떤 것은 나오자마자 날개가 돋은 듯이 팔리다가도 얼마 지나면 막 끊기지요. 또 그와 반대로 처음에는 잘 안 나가다가도 오랜 시간을 두고 슬금슬금 나가는 것을 나중에 계산해보면 터무니없이 많은 숫자를 보여주는 것이 있습니다.

구완회: 하여튼 4만 매만 나가면 방방곡곡에서 불리게 되지요.

◆ 지망군의 희비극

함대훈: 그렇게 사람들이 만연히 찾아오는 것을 방지할 대책이 있습니까?

박영호: 이 레코드업이라는 게 좋은 부분도 있고, 나쁜 부분도 있기에 선도기관이 필요할 것 같아요.

이면상: 그야 개인의 수양 문제지요.

왕평: 뭐 나쁘거나 불량성이 있다고는 할 수 없어요. 그저 오직 출세를 바라고 오는 사람들이니 테스트는 다 해본 후 좋으면 쓰고 나쁘면 거절하지요. 그런데 경남에서 자전거로 상경한 사람이 있어요. 그는 산중에서 3년간 연습했다고 하더군요. 상당한 자신이 있다고 하면서 엿새 동안 자전거로 상경했다기에 그때 폴리돌의 이면상 씨에게 시험해보기를 청했지요. 그러나 가수로서의 장래성이 전연 없었다고요. 그러나 그런 때 이편에서는 가망이 없으니 단념하라는 말은 하기가 무척 어려워서 그것보다 다

른 방면으로 전향하라고 권고했지요.

김래성: 참 그것 딱하겠습니다. 똑 잡아뗄 수도 없고.

왕평: 그러기에 말씀입니다. 가수 지망자의 대부분은 성의를 가지고 달려드니까 그만 이편에서도 그 성의에 감동하는 때가 많지요.

◆ 비참한 인생곡

왕평: 이것은 지금으로부터 5년 전의 일입니다. 어느 날 회사에서 자고 있는데 밤 11시쯤 되어서 문을 두드리는 사람이 있었지요. 그래 나가 보니 시골에서 취입하러 상경한 사람이라고 하더라고요. 그것도 동무들의 격려를 받아 차비도 그 친구들이 마련해주었다고요. 그러면서 꼭 취입시켜달라고 간청하는데 참 딱한 사정이었습니다. 그래 시에론에 계신 김영환(金永煥, 1898~1936) 씨에게 편지를 보내 그를 소개했지요. 김영환 씨는 이듬해 2월에 취입할 테니까 그때까지 기다리라고 말했어요. 이에 그는 말에 밥을 굶으면서 기다렸는데 그만 김영환 씨가 그 무렵에 회사를 그만두고 나가버리게 되고 말았으니

취입할 가망이 없어지고 말았지요. 그의 성의가 하도 기특해서 그때 어떤 극단에 소개해주었더니 얼마 동안 유랑하다가 작년에 다시 나한테 찾아와서 어떤 일이 있더라도 가수가 되고 싶다고 간청을 하기에 바로 여기 계신 이면상 씨에게 소개했어요. 이면상 씨는 테스트해보고 도무지 가망이 없다고 하더군요. 그래 이번에는 오케의 김상진 씨에게 소개해서 가보라고 했지요. 그래 오케에 가서 아마 몹시 사정한 것 같은데 유행가는 부르지 못하더라도 조선 소리라도 취입시켜줄 의사를 표명한 모양이더라고요.

그래 얼마 동안을 기다리고 있었으나 한여름이 지나도록 아무런 소식이 없어 그대로 지나버렸지요. 그러던 것이 바로 얼마 전에 또 나를 찾아와서 오케에도 들렀더니 야단났다고 사정을 합디다 그려. 당장 밥 먹을 곳이 없는 형편이어서 참 딱했어요. 그래 이번에는 콜럼비아 구완회 씨에게 소개했더니만 원체 구 선생은 다정한 분이라딱 잘라 말할 수가 없어서 하여튼 1월 말까지 기다리라고 했습니다. 그래 기다리겠다고 했어요.

그러던 중 또 하루는 찾아와 말하기를 여관비가 없어서 정거장 대합실에서 자고 있다고 하더군요. 30전짜리 밥을 사먹으면서요. 보기에 참 딱했어요. 그때 그는 방송국의 이서구 씨를 찾아가보겠다고 하면서 양복저고리 아래서 무엇을 끄집어내는 것을 보니 조선 단소였습니다. 하하하.

일동: 하하하.

왕평: 지금은 이처럼 웃으면서 말합니다마는 5년 동안의 그의 비참한 생활을 보니 눈물이 나오더군요. 그도 내가 우는 것을 보고 와락 달려들어 울었습니다. 그래 둘이서 한참 울다가 그만 집으로 내려가라고 말했지요. 꼭 자살이라도 할 것 같았어요. 낙망하지 말고 시골로 내려가라고요. 레코드가 대체 뭐냐고요. 가수가 되는 것만이 인생의 전부가 아니라고요. 나의 외투를 전당포에 맡기고 돈을 구해서 내려보냈습니다. 가엾은 인생.

구완회: 그래 그가 나에게 왔는데 곡조를 팔라고 했더니 곡조보다도 육성을 넣겠다고 우겼지요. 참….

일동: 참 가엾은 사람이로군.

- '레코드계의 내막을 듣는 좌담회'(〈조광〉 41호, 1939. 3.)

그 시절을 되새겨보는 의미 있는 이야기들이다.

1939년 2월에는 세 편의 유행가와 넌센스 하나를 발표했다. 유행가는 '대기는 향기롭다'(왕평 작사, 이면상 작곡, 윤건영 노래, 폴리돌 X526), '산간 처녀'(왕평 작사, 김용환 작곡, 김용환 노래, 폴리돌 X526), '상사초(相思草)'(왕평 작사, 김용환 작곡, 전옥 노래, 폴리돌 X527) 등이고, 넌센스 음반은 '엉터리 부부일기'(왕평 작, 왕평·전옥 출연, 폴리돌 X534)다. 리바이벌 음반이 많다. 3월에는 신민요 두 편과 신파극 한 편이다. 신민요는 '애원곡(哀怨曲)'(왕평 작사, 오오무라 요시나가[大村能長] 작곡, 선우일선 노래, 폴리돌 X534)과 '사랑가'(편월 작사, 김탄포 작곡, 선우일선·김용환 노래, 폴리돌 X535) 등 두 편이고, 신파극은 '서러운 일요일(상하)'(왕평·전옥·윤건영 출연, 폴리돌 X540)이다.

이처럼 X로 시작되는 음반 번호는 대부분 리바이벌로

제작한 것이다. 리바이벌이니 아무래도 대중의 인기가 여전히 이어지는 작품들로 한정해서 재발매를 했었다. 4월에는 신민요 '신방아타령'(이호 작사, 이면상 작곡, 선우일선 노래, 폴리돌 X541)과 신파극 '그 여자의 일생(1-4)'(왕평 출연, 폴리돌 X549-500)을 발매했다. 5월에는 신파극에 삽입된 노래 '지나가(支那街)의 비가'(편월 작사, 김탄포 작곡, 김용환 노래, 폴리돌 X552)와 신파극 '사랑에 속고 돈에 울고(후편)'(전옥·왕평 출연, 폴리돌 X556) 음반을 발매했다. 6월에는 신파극과 신민요 음반을 한 편씩 내었는데 신파극은 '고향 소식(상하)'(왕평·신은봉 출연, 폴리돌 C561)이고, 신민요는 선우일선의 노래 '무정세월'(왕평 작사, 이면상 작곡, 선우일선 노래, 폴리돌 C562)이다. 선우일선은 신민요를 위해 태어난 천품(天品)의 가수란 생각이 든다. 언제 어떤 기회에 노래를 맡겨도 전혀 싫은 내색이나 주저함이 없이 온유하고 적극적인 자세로 녹음에 곧바로 임했는데 거기엔 어떠한 스스럼도 없었다.

8월에는 신파극 4편과 재즈송 1편을 발매했다. 모든 음반이 이미 발표했던 작품의 리바이벌이다. 신파극으로는

'춘희'(이경설·왕평·신은봉 출연, 폴리돌 C575)와 '황포강변의 고별 편(상하)'(왕평·전옥 출연, 폴리돌 C585, C586)이다. 째즈송은 '상투가 깟딱'(왕평 작사, 산전영일 작곡, 김용환 노래, 폴리돌 C583)을 다시 내었다. 9월에는 신파극 '여자의 길(상하)'(왕평·전옥 출연, 폴리돌 X589)과 유행가 '꽃피는 상해'(왕평 작사, 이면상 작곡, 선우일선 노래, 폴리돌 X591), '사공의 설음'(왕평 작사, 타케오카 노부유키[竹岡信行] 작곡, 김용환 노래, 폴리돌 X591), '마음의 연가'(왕평 작사, 구라와카[倉若] 작곡, 채규엽 노래, 타나카 미히로[田中見大] 대사, 폴리돌 X642) 등을 재발매했다.

이 시기에 발매한 음반의 노랫말을 두루 음미해보노라면 당시 나는 왠지 모를 슬픔과 아쉬움, 어떤 허전함으로 끓어오르는 가슴속 저 밑바닥의 기묘한 그늘을 느끼는 선곡들이란 생각이 들었다. 어떤 크고 무거운 그림자가 서서히 머리 위를 짓누르는 야릇한 중압감을 느끼면서 일과를 보내고 있었는데 나는 그 무렵 내 일과를 주체하지 못했다. 게다가 까닭 모를 불안감과 심리적 압박감이 파도처럼 밀려와서 나 자신을 다스릴 도리가 없었다. 내가 일과를 끌고 가는 것이 아니라 마련된 일과에 내가 질질 끌려가는 듯한 구속감에 허덕이고 있었다. 사는 것이 이래선 안 된다는 생각이 강하게 들었지만 벗어날 방도가 없었다.

5부

내 마지막
무대가 된 강계극장

내 마지막 무대가 된 강계극장

몹시도 힘든 정황 속에서 1940년이 밝았다. 어느덧 내 나이는 32세. 적은 나이가 아니었다. 지난해에 겪었던 슬럼프에서 여전히 헤어나지 못하고 있다. 해가 바뀌고도 삶에 대한 허무, 어떤 회의감이 줄곧 내 가슴을 짓누르고 있었다. 폴리돌 업무도 별반 성과가 없이 한 장의 음반도 내지 않았다.

봄기운이 차츰 무르익고 벚꽃이 만발한 4월 27일, 나는 폴리돌 악극단을 이끌고 서울을 떠났다. 악극단 이름을 '폴리돌 실연단(實演團)'으로 다시 고치고 조직을 정비했다. 실연단이란 실질적 연주단이란 뜻이다. 우리 실연단은 한반도의 북부 지역으로 순회 공연을 떠난다. 당시 폴리돌 실연단의 전체 구성 멤버는 다음과 같다. 가수는 채규엽(蔡奎燁, 1906~1949), 윤건영(尹建榮), 현정남(玄正男), 박혜옥(朴惠玉), 임금순(林錦順), 이은홍(李銀紅), 윤월심(尹月心) 등 일곱 명이고. 연기자는 박제행, 신카나리아, 최승이(崔承伊), 최은연(崔恩蓮), 김애순(金愛順), 박무명(朴舞鳴), 강열(姜烈), 김정애(金貞愛), 진학면(秦學勉), 단장인 필자였다. 반주에는 일본인 기요세(清瀬) 등 도쿄의 에구찌(江口) 밴드에 소속된 2명이 함께 참가했다. 이렇게 모두 20여 명이기에 함께 이동하는 것이 쉽지 않았다.

우선 화물차 두 대를 빌려서 한 대에는 연극 소도구와 각종 장비를 싣고, 다른 한 대에는 우리 단원들이 탑승했다. 워낙 먼 길이라 화물차의 뒤에 천막을 덮고, 내부에는 양쪽으로 의자를 만들어 올렸다. 하지만 딱딱한 나무 의자라 장거리 운행에 모두 엉덩이가 아프고 불편함과 고생이 많았을 터이다. 가는 길은 또 어떠했던가. 서울 시내를 벗어나면 바로 비포장 신작로였다. 도로 양쪽 길가에 미루나무가 길게 늘어서 있고 털털거리는 그 비포장

길을 이리저리 짐짝처럼 흔들리며 떠났다. 엄청난 고생
길이었다.

그렇게 1차 순회 공연을 다녀와서 피로 속에 여장을 풀
고 다시 일상적 업무에 복귀했다. 1940년 5월에는 두 편의
유행가 작품을 발표했다. '흘러간 연가'(왕평 작사, 시라구
찌[白口] 작곡, 채규엽 대사, 다나카 키메요(田中絹代) 노
래, 폴리돌 X8001)와 '북국의 나그네'(왕평 작사, 에구치
요시[江口夜詩] 작곡, 채규엽 노래, 폴리돌 X8001)가 그
것이다. 두 작품 모두 내가 노랫말을 쓰고 채규엽이 대사
와 노래를 맡았다. 쓸쓸하고 처연한 인생의 허무함과 덧
없음을 가사에 담았다. 결국 이 두 작품은 내가 죽음을 불
과 2개월 앞두고 세상에 남긴 마지막 창작 가요시 작품으
로 기록될 것이다.

6월 초순 나는 또다시 한반도 북부 지역 순회 공연을 계
획했다. 폴리돌 본사에서 회사의 홍보와 음반 소개를 위
해 자꾸만 강압적 요청이 내려오는 것이다. 이를 어찌 거
절할 수가 있으리오. 지난번 4월 공연의 피로도 아직 완
전히 풀리지 않았는데 또 새로운 공연을 엮어서 떠나라고

한다. 이번에는 평안도 쪽을 다녀오라고 한다. 이렇게 어딘가에 매인 몸은 등에 안장을 얹고 수레를 매단 말이나 나귀의 신세와 같다. 그 나귀는 제 몸보다 몇 배가 더 크고 무거운 짐을 등에 잔뜩 실었다. 한 걸음도 제대로 뗄 수가 없다. 본사에서는 이런 공연을 위해 그 어떤 예산도 지원해주지 않는다. 오로지 자급자족으로 모든 것을 해결하라고 한다.

나는 6월 초순, 내 친구 백은선(白恩善)을 찾아가서 폴리돌 실연단의 공연 활동 자금 7천 원을 좀 빌려달라고 말했다. 그는 형편이 여의치 않다고 했지만 두말없이 2천 원을 선뜻 빌려주었다. 그 돈도 우리에겐 상당히 큰돈이다. 백은선은 언제나 나를 이렇게 도와주는 은혜로운 조력자다. 열심히 벌어서 빠른 시일 안에 갚겠다는 약속을 하고 이 자금으로 순회 공연 준비를 시작했다. 새로 구입할 장비도 많았고, 소요되는 비용이 적지 않았다. 그는 해방 후 예그린 악단의 연출실장을 맡아서 일했다.

백은선에게 다녀가는 길에 나는 그에게 명동성당 부근의 점 잘 보는 무당집을 함께 가보면 어떨까 하고 제의했다. 친구는 씩 웃으며 함께 집을 나섰다. 이것은 묵시적 수락이다. 나로서는 이번 북선 공연이 과연 어떤 성공을 거둘 수 있을지 미리 한번 알아보자는 뜻이 있었다. 우리는 당시 무슨 일이 잘 풀리지 않을 때 이따금 무당집을 찾아가 미래를 예측하는 일을 장난삼아 즐기곤 했다. 그날 무당은 나에게 이렇게 말했다.

"7월 중에 길을 떠나면 동티가 끼어 자칫 네 목숨을 잃을 수가 있으니 각별히 주의해야 할 것이야."

그러나 나는 이 돌발적 언사에 너무도 불쾌감이 솟구쳐서 무당의 말에 코웃음을 쳤고, 별소리를 다 들어보겠다는 불쾌한 표정으로 문을 쾅 닫고 뚜벅뚜벅 걸어 나왔다. 세상에 별 무당년이 다 있지, 어찌 그토록 모질고도 불길한 말을 남에게 함부로 뇌까릴 수 있단 말인가. 하지만 나는 그 시간 이후 무당의 말과 기억을 까맣게 잊어버렸다.

드디어 7월 초순, 새로 정비한 우리 폴리돌 실연단은 서울을 떠나 북서쪽을 향해 길을 떠났다. 여전히 지난번과 마찬가지로 두 대 분량의 트럭이다. 버스라도 탈 수 있었다면 얼마나 편안하고 좋았겠는가. 도로 사정은 또 얼마나 열악한가. 그 머나먼 길을 또 낙타처럼 터벅터벅 가야만 한다. 하지만 우리는 버스를 요구할 정도의 그런 여유를 부릴 만한 처지가 되지 못한다. 이런 여러 가지 불충분한 조건과 환경 때문에 단원들에게 미안할 뿐이다. 이후 7월 한 달 동안 우리 실연단은 줄곧 평안도 지역을 순회하며 공연하느라 분주한 일정을 보냈다. 이번에도 전보를 통해 평안도 공연을 마친 후 압록강을 건너 서북간도 지역을 두루 다녀오라는 본사의 요청을 받았지만 나는 여기에 확답을 하지 않았다. 아무리 지원도 없이 자급자족으로 꾸려가는 일정이라지만 본사의 요구가 너무도 야속하고 가혹하다는 생각이 들었던 것이다.

드디어 7월 31일 폴리돌 실연단 저녁 공연이 평안북도 강계극장에서 열렸다. 아직 초저녁이라 할 수 있는 8시 30분, 우리 단원들은 고단한 여정 때문에 피로가 누적된 상태에서 무대에 올랐다. 가수는 노래를 부르고 배우는 연극에 출연했다. 1부에서 우리 폴리돌 실연단 소속의 가수들이 한 차례 노래를 부른 다음 2부에서 신파극 '돌아온 아버지' 공연의 막이 올랐다. 하루건너 한 번씩 공연 목록을 바꾸었는데 우리가 준비해간 것은 신파극 '항구의 일야'와 '돌아온 아버지' 등 두 편이다. 강홍식이 아버지 역, 김용환이 아들 역을 각각 맡았다. 그런데 김용환이 그날 낮에 강계식당에서 먹은 냉면이 잘못되어 심하게 배탈이 났다. 복통과 고열에 시달리면서 수시로 화장실을 들락거려야 하니 도저히 무대에 오를 형편이 아니었다.

집을 나가서 여러 해 동안 떠돌아다니던 아버지가 피폐한 심신의 거지꼴로 집에 돌아왔다. 이런 아버지를 보면서 아들이 아버지를 향해 노기 띤 목소리로 원망하고 나무라는 연기를 김용환이 해야 하는데 도저히 불가능했다. 그 김용환의 대역으로 어쩔 도리가 없이 단장인 내가 무대에 올라야 했다. 그는 나에게 몹시 미안한 듯 겸연쩍은 얼굴로 쩔쩔맸다. 아버지 강홍식이 무대 왼쪽에서 남루한 모습으로 비틀거리며 나타나자 아들인 내가 무대 오른쪽에서 역시 아버지에게 빠른 걸음으로 다가가며 흥분으로 가득 찬 분노의 목소리로 절규의 대사를 내뱉는다. 악극의 전체 줄거리는 대충 이렇다.

어머니가 삯바느질로 근근이 살림을 이어가고 있는 어느 집안이다. 여러 해 전에 집을 나가 수년 동안 방랑하던 아버지가 마침내 거지꼴로 집에 돌아온다. 이런 아버지를 증오하는 아들과 정에 얽매여 말 못하는 어머니의 모습이 보인다. 몹시도 흥분한 아들은 아버지를 떠밀다시피 대문 밖으로 내쫓는다. 집안이 온통 눈물바다가 된다. 이런 엄청난 소란을 겪은 다음 드디어 과거 행동을 뉘우치는 아버지를 가족 모두는 맞아들인다.

이 악극에서 나는 김용환의 대역으로 큰아들 배역을 맡았다. 내가 아버지를 고함치며 책망하는 장면에서 관중은 손에 땀을 쥔 채 무대만 바라보고 있었다. 나는 절규하는 연기를 실감 나게 펼치고 있었다. 그때 분명히 오버액션이었으리라. 한순간 관객은 내가 무대에 폭 고꾸라지는 장면을 보았다. 처음엔 그것이 나의 몰입된 연기인 줄로만 알았다. 아들이 너무도 흥분해서 쓰러진 것으로만 알았다. 하지만 그것이 연기가 아님을 직감적으로 알아챈 단원들이 우르르 무대로 뛰쳐나왔다.

이 순간의 장면을 다시 정리하자면 내가 비틀거리면서 무대 중앙으로 걸어가고 있는데 갑자기 가슴이 꽉 조여 오고 돌연히 숨이 막혀 호흡을 전혀 할 수가 없었다. 머릿속이 하얗게 진공 상태가 되고, 눈앞은 캄캄해져서 아무것도 보이지 않았다. 나는 무서운 현기증에 온몸이 휘말리면서 한순간 마룻바닥에 마치 톱으로 베어진 나무 등걸처럼 그대로 쓰러졌다. 무대 위에 "콰당" 하는 소리가 크게 났다. 여동생 배역을 맡은 신 카나리아가 후다닥 달려와서 비명을 지르며 내 몸을 잡고 흔들었다.

"여보, 왕평 씨! 왜 이러세요? 정신 차려요! 제발 정신 차리세요!"

강홍식은 당황해서 안절부절못했고, 신 카나리아는 무릎을 꿇고 그 자리에 고꾸라져 흐느껴 울었다. 무대 뒤의 김용환과 전옥이 허겁지겁 달려왔다. 여러 단원이 모두 달려와서 나를 삽시에 둘러쌌다. 극장 안은 한순간 아수라장이 되고 말았다. 신 카나리아가 객석을 향해 소리쳤다.

"빨리 의사를 불러줘요!"

"혹시 손님들 중에 의사 선생님 안 계시나요?"

지계순과 김안라는 너무도 놀란 나머지 그 자리에 털썩 주저앉아 막 소리치며 엉엉 울었다. 여러 여성 관객이 놀라서 함께 발을 동동 구르며 흐느꼈다. 뒤늦게 강계병원의 늙은 의사가 왕진 가방을 들고 허겁지겁 달려와서 청진기를 들고 나의 호흡 상태를 두루 살폈다. 하지만 그는 고개를 가로저었다.

"이미 절명하셨습니다. 맥박이 전혀 잡히지 않네요."

"뇌일혈로 곧바로 절명하신 듯합니다. 안타깝지만 더는 손볼 도리가 없습니다."

신카나리아가 신문 기자와의 인터뷰에서 이날 광경에 대해 위와 같이 증언했다. 그날 무대에 올린 신파극 작품은 '돌아온 아버지'였는데 워낙 오랜 세월이 흘러서 신카나리아는 이것을 작품 '남매'로 착각하고 있다. 그리고 그날 관객 중에 의사는 없었고, 한참 시간이 지나 강계병원 의사가 와서 최종 확인을 했다.

"너, 그 머리며 옷매무새는 도대체 뭐냐? 창피해서 여기서 못 살겠어."

"아니 뭐라고요? 오빠가 어찌 그런 말을 할 수 있어요? 오빠도 마을 색시 데리고 놀아난 터에…"

그러면 다시 오빠의 분노에 찬 대꾸가 쏟아져야 하는데 왕평 선생은 느닷없이 무대 위에 픽 쓰러졌다. 그런 장면이 아닌 줄 알고 있는 나는 본능적으로 달려가 "선생님 웬일이세요?" 하고 왕평 선생을 흔들어댔다. 그리고 무대의 상수와 하수를 번갈아 보며 소리쳤다. 이때까지도 관객은 연극의 계속인 줄 알았으나 내가 "막 내려요. 막 내려요. 관객 중에 의사 선생님은 안 계세요?" 하자 비로소 사고가 생긴 줄 깨달았다. 막이 내리고 네 분의 의사가 무대 뒤로 달려왔다. 그러나 이미 회생 불능이라는 것이었다. 공연은 물론 중단되었다.

　-「나의 교유록, 원로 여류가 엮는 회고」〈138〉, 신카나리아(1981. 7. 22.)

평소 뚱뚱한 편이던 나는 혈압이 높았다. 그날따라 시간에 쫓긴 나머지 혈압약도 먹지 않은 채 무대에 올랐고,

나는 무대 위에 쓰러진 채로 이미 마지막 남은 미약한 숨을 몰아쉬고 있었다. 이때 내 나이 불과 서른 둘. 오로지 연극과 만담, 노래만이 삶의 전부였던 나는 이렇게 머나먼 타관 객지의 차디찬 무대 위에 쓰러져 그대로 죽고 말았다. 강계극장 무대가 내 종생(終生)의 터전이었다.

세상에 어찌 이런 일이 일어날 수가 있단 말인가. 배우가 무대 위에서 연기를 하던 중에 세상을 떠나다니. 이게 과연 슬픈 일인가. 기쁜 일인가. 지금 나는 이미 절명한 사람이지만 이 부분에 대해서 내가 돌이켜 생각할 때는 그것이 나에게는 영광스럽고 기쁜 죽음이다. 배우로서 공연 중 무대 위를 죽음터로 삼았으니 이보다 더한 즐거움이 어디 있으리오. 나의 팬들이여. 내 죽음을 너무 슬퍼하거나 비통하게 받아들이지 말라. 하지만 나는 이런 내 뜻을 전할 그 어떤 방법도 나에겐 없었다. 그저 차디차게 식어가는 몸뚱이만 무대 위에 덩그렇게 외톨이로 놓여 있을 뿐이다.

전체 단원은 침통한 표정이 되어서 모두들 눈물에 얼룩이 진 얼굴로 나를 조심스럽게 안아서 무대 뒤의 분장실

바닥에 눕혔다. 그리곤 잠시 뒤에 구급차가 와서 내 시신을 강계병원 영안실로 옮겼다. 그날 매일신보의 강계 주재기자가 달려와 현장의 여러 관계자를 만나고 나의 사망 소식을 낱낱이 조사·정리해서 강계 특전(特電) 기사로 내보내었다. 매일신보 8월 2일 자에 해당 내용이 보도되었다. 이 기사를 접한 전국의 독자들은 한순간 놀라서 충격에 빠졌다. 기사 내용은 이렇다.

"최후의 무대", 왕평 군 공연 중 급사(急死)

(강계 특전) 강계극장에서 공연 중인 포리돌 가수 실연(實演)의 제2야(夜) 되는 31일 밤 8시 30분에 출연 중이던 왕평 군은 갑자기 뇌일혈을 일으키어 응급 가료할 사이도 없이 무대 위에서 급사하였다. 군은 다년간 무대에서 많은 경험을 쌓은 후 1933년 7월에 폴리돌에 입사한 후 1939년 3월에 문예부장으로 취임하여 지금까지 내려왔던 바, 그는 레코드는 물론 '나그네', '군용열차' 등의 영화에도 출연하였다.

내 사망 소식을 듣고 나의 사랑하는 동거녀 나품심은 가장 큰 충격과 실의에 빠졌다. 나와 무슨 별것 아닌 일로 언쟁을 한 뒤 한동안 서로 말도 하지 않고 냉담한 상태로 지냈지만 그녀는 이 비보를 접하자마자 엄청난 충격으로 실의에 빠져 식사도 제대로 하지 못했다. 10월 초하룻날, 곧바로 열차를 타고 강계역으로 떠날 채비를 했지만 나의 시신이 진작 영구차 편으로 평양화장장을 향해 떠났다는 소식을 듣고 평양역으로 방향을 돌렸다. 나품심은 머리를 풀고 삼베옷으로 상주(喪主)의 복장을 갖춘 채 먼저 와서 내 영구가 도착하기를 기다렸다. 이윽고 구급차가 도착하자 나품심은 나의 관을 부여잡고 흐느꼈고 몸부림을 치며 통곡했다.

"이 무정한 사람아! 어찌 이렇게 한마디 말도 없이 그리도 서둘러 떠나시는가?"

그녀는 내가 누워 있는 관 뚜껑에 이마를 쿵쿵 찧으며 울었다. 전옥이 곁에 다가와 나품심의 어깨를 감싸 안고 같이 울면서 다정하게 위로해 주었다.

유골로 서울에 돌아오다

　내 시신이 담긴 관(棺)은 평양화장장으로 옮겨져서 곧바로 화구(火口)에 들어갔다. 그로부터 얼마나 되었을까. 그리 오랜 시간이 지나지 않아서 내 몸뚱이는 몇 줌의 재로 바뀌어 들어갔던 구멍을 도로 나왔다. 타고 남은 뼛조각 몇 개와 하얀 재만 남아 있을 뿐이다. 그것은 아직도 열기를 내뿜었고 그마저도 곧 돌절구에 빻아서 희고 뽀얀 몇 줌의 재로 바뀌었다. 화장장의 일꾼은 그 뼛가루를 한지에 싸서 둘둘 말아 항아리에 담았다. 아직도 체온 같은 따스한 온기가 남았다. 항아리는 다시 네모 난 나무 상자에 담겨지고 하얀 광목천이 그 바깥을 감쌌다. 이제 이승에서 내 육신의 형체는 완전히 사라졌다. 그 모든 것이

1940년 8월 1일 오후 2시 무렵의 일이다.

평양화장장까지 함께 와서 지켜본 폴리돌 실연단 멤버들은 내 유골 상자를 가운데 놓고 둘러서서 오열 속에 그 자리에서 약식으로 영결식을 열었다. 그들은 놀란 가슴이 아직도 진정되지 않은 채 뿔뿔이 흩어져 제작기 서둘러 서울로 돌아갔다. 모두 허탈하고 무상한 심정이었으리라. 그들은 사람이 산다는 것이 무엇인가를 골똘히 생각하며 돌아왔을 것이다.

내 유골 상자는 그다음 날인 2일 이른 아침, 내 조카의 가슴에 안겨 경성 역에 도착했다. 경성일보 사진부 기자가 직접 출동해서 그 장면을 찍었다. 그날의 광경을 담은 사진이 경성일보 일어판 신문에 짧은 기사와 함께 실렸다. 서너 사람이 사진에 함께 담겼는데 워낙 흐릿해서 면면이 누구인지 지금으로서는 분간되질 않는다. 그러나 나품심과 조카의 모습만은 뚜렷하게 보인다. 나품심은 고개를 한쪽으로 숙이고 있다. 그 모습이 너무도 가련하다. 〈동아일보〉도 관련 기사를 보도했는데 1940년 8월 3일과 8월 7일 자 신문이다. 각각의 기사 내용은 다음과 같다.

왕평 군의 유골, 2일 아침 경성 도착

지난 31일 밤 8시 30분에 강계극장에 출연 중이던 왕평 군이 뇌일혈로 무대에서 급사하여 레코드계, 극계, 영화계를 통한 군의 공적에 비치어 애도함을 마지않거니와 그의 유골은 2일 아침 7시 20분 경성역에 도착하리라 한다.

한편 서울에 도착한 내 유골은 일단 서울 태고사에 안치되었다. 그리곤 여러 협의 과정을 거쳐 1940년 8월 7일 오전 10시, 서울 종로구 견지동의 커다란 사찰인 천대사(현 조계사)에서 나의 장례식이 열리게 되었다. 동아일보에 이 영결식 관련 소식을 전해주는 짧은 기사가 실렸다.

왕평 군 영결식, 7일 오후 5시부터, 영락정(永樂町) 천대사(千代寺)에서 이미 보도한 바와 같이 지난 31일 강계극장 무대에서 순직한 왕평 군의 영결식은 금 7일(수) 오후 6시에 시대 영락정 207번지 천대사에서 거행하기로 하였다.

　가요계와 영화계, 만담계, 레코드업계 등등 나와 친밀
했던 여러 조문객이 속속 천대사로 몰려들었다. 슬픔에
잠긴 아버지가 청송에서 서울로 올라오셨고 아우들 몇
도 미리 와서 장례식장에 대기하고 있었다. 아버님께서
는 침통한 얼굴로 종내 눈을 감은 채 가만히 앉아 계셨다.
백 명도 훨씬 넘는 조문객들이 자리를 가득 채우며 그날
의 슬픔을 함께 나누었다.

　장례식을 마친 내 유골 상자는 아버님이 살고 계시는
경북 청송군 파천면 송강리로 옮겨지게 되었다. 영구차
한 대를 빌려서 청송으로 내려가는데 대중연예계의 여
러 벗과 친구들 20여 명이 바쁜 일과 중에도 일부러 시간
을 내어서 동행했다. 나폼심은 청송으로 내려가는 자동
차 안에서 줄곧 눈물을 흘렸다. 전옥과 신 카나리아가 옆
에서 그녀를 위로했다. 청송에 도착한 조문객들은 나의
마지막 무덤까지 찾아와 작별 인사를 하려고 했다. 그러
나 예상치 못한 문제가 생겼다. 청송 주재소의 일본인 순

사가 뜬금없이 찾아와 예상치 못한 통보를 해왔다. 그것은 사망한 왕평 이응호의 시신에 대한 매장 허가를 내어줄 수 없다는 것이었다. 그러니까 이 땅에 무덤을 쓰지 못한다는 통보였다.

아버지와 집안 사람들은 크게 경악했다. 대체 이게 무슨 말인가. 그 순사가 전하는 말인즉 이응호가 살았을 때 만든 노래인 '황성의 적(황성옛터)'의 내용이 워낙 불순하였고, 조선 사람의 불만과 불순한 사상을 부추기는 몹시 위험한 노래였기 때문에 왕평은 죽어서도 불령선인(不逞鮮人)이라는 것이었다. 그런 까닭으로 시신에 대한 매장 허가를 내어줄 수 없노라는 일방적 통보였다. 참으로 무서운 트집이었고, 생떼였다. 내 나라 내 땅에 살면서도 주권을 이민족에게 강탈당한 상태이니 이런 꼴을 겪는 것이다. 이 어이없는 전달을 받고 아버님께서는 한 가지 방법을 생각해 내셨다. 날마다 찾아오는 순사에게 이렇게 말했다.

"내 아들 무덤은 이제 산에 쓰지 않으니 그리 아시기 바랍니다. 지난 밤 내 아들의 유골 가루를 앞산 개울물에 모두 띄워 보냈어요. 그러니 괜한 걱정하지 말고 이젠 돌아가세요."

이렇게 일본 순사를 돌려보낸 바로 그날 밤, 자정을 넘긴 시간에 내 아버지께서는 아우 웅린과 함께 직접 수정사 절간 맞은 편 북쪽 산등성이로 올라갔다. 거기 어둠 속에서 괭이로 대충 구덩이를 파고 거기에 유골을 묻었다. 하지만 봉분을 제대로 만들 수 없는 형편이라 그냥 무덤 자리의 표시로 얕은 흙무더기를 도톰하게 쌓아두었는데 그것이 오늘까지 그대로 남아 있는 모습이다. 참으로 가련하고 슬픈 매장이었다. 그날 그 광경을 지켜본 이는 이제 세상에 없다. 그리하여 내 무덤에는 지금까지도 봉분이 따로 없다. 그야말로 내가 지은 '황성옛터'의 노랫말처럼 '성은 허물어져 빈터인데 방초만 푸르러/ 세상이 허무한 것을 말하여 주노나' 그 쓸쓸하고 황량한 분위기 그대로이다. 나를 찾아오시는 분들은 이런 전후 사정을 이해하시고 현장을 너그럽게 살펴주시기를 부탁드린다.

내가 죽은 지 한 달이 지난 어느 날 백은선은 뒤늦게 내 사망 기사를 신문에서 접하게 되었던가 보다. 충격 끝에 그때 점쟁이가 했던 말이 떠올라 온몸에 소름이 맺혔다. 그 며칠 뒤 백은선은 내 이름으로 된 2천 원을 우편환으로 받았다. 내가 죽기 전 강계우체국에서 그에게 빌린 돈을 상환했던 것이다. 친구의 믿음에 대한 신의는 철저히 지켜야 한다. 백은선은 내가 죽은 지 20여 년 뒤인 1960년대에 예그린 합창단의 단장이 되어 세계 여러 나라에서 순회 공연을 하였다.

한편 경성에서는 내 죽음을 애도하는 행사가 속속 열렸다. 1940년 8월 15일과 16일 양일에는 영화인협회, 고협, 조영, 고려, 폴리돌레코드 및 관련되어 있는 여러 단체가 평소의 이해타산을 초월한 대동단결로 당일 오후 7시 반부터 서울 부민관 대강당에서 추도극(追悼劇)을 상연했다. 그날 추모 공연 후반부에는 내 마지막 출연 무대가 되었던 신파극 '돌아온 아버지'를 다시 공연했다. 그 공연을 보면서 나의 죽음을 생각하며 흐느껴 우는 사람이 많았다. 동료와 후배들이 그날 행사의 수익금으로 서울 왕십리의 어느 산자락에 나의 추모비를 세웠다. 그러나 이 비석은 6·25전쟁 때 폭격으로 무참하게 파괴되어 어디론가

사라져버렸다. 이 추모비에는 나의 생애와 자세한 이력이 낱낱이 기록되었다고 하는데 아쉽기 그지없다. 모든 것은 이렇게 사라지기 마련이다.

평소 바쁜 일과 중에도 책 읽기를 무척이나 좋아했던 나에게는 소장 도서가 꽤 많았다. 아버지는 이를 모두 정리해서 도서관에 기증했고, 오직 아들이 부친에게 선물하기 위해 구입해 둔 한문본『삼국지』전집 두 권만 들고 와서 이후 줄곧 머리맡에 두고 탐독하셨다고 들었다. 아버지께서는 청송으로 내려올 때 서울에서의 장례식 광경, 대중문화계의 유명 인사들과 찍었던 아들의 사진 여러 장을 받아서 갖고 왔으나 그마저도 전쟁 중에 모두 불타서 없어졌다. 아버지는 내 무덤 앞에 '영천이공왕평응호지묘(永川李公王平應鎬之墓)'라고 직접 쓰신 목비(木碑)를 세웠으나 나무라서 오랜 세월 풍우에 저절로 썩어서 사라졌다. 세월은 이렇게 그 모든 것을 주저하지 않고 지워버린다.

추모곡 '오호라 왕평'

　별세(別世)라는 것은 그동안 살아온 이승과의 이별이다. 질병이나 사고로, 혹은 또 다른 이유로 생존을 지속하지 못하는 경과를 일컫는 말이다. 그 별세는 대개 본인이나 주변 사람들이 느끼고 짐작하며 공감하는 가운데 슬픈 얼굴로 다가오는 것이다. 사람이 자신의 생애를 마감한다는 것은 주변 모든 사람과 맺었던 관계의 단절을 의미하기도 한다. 가족, 친지, 친구, 애인, 동료 등등 이승에서 우리는 얼마나 많은 관계를 맺고 살아온 것인가. 그러한 모든 인연의 고리를 한순간에 모두 끊고 혼자 저승세계로 홀연히 떠나가는 것이니 이별은 우선 처연하고 서러우며 혼자서 감당하기가 어렵다. 길게 이어질 줄 알았던 관계가 느닷없는 단절로 갈라서게 되니 이러한 작별의 절차는 대개 눈물과 통곡, 탄식과 하소연 속에서 이어진다.

나는 북선 공연을 준비하며 떠나게 되었을 때 나에게 이토록 성급한 종생이 다가오리라는 것을 전혀 예감하지 못했다. 누군들 자신의 마지막을 깨닫는 사람이 있으리오. 그 불길한 죽음과 사망이란 것이 가까이 다가온다는 것을 혹시라도 알게 된다면 그것을 몹시 꺼림칙하게 여기고 어떻게든 그 불길한 실루엣으로부터 벗어나려고 발버둥치게 된다. 죽음을 스스로 선택하고 앞당기는 사람의 방법을 우리는 자살이라고 일컫는다. 하지만 그것이 아닌 경우는 어둡고 우울한 기운을 어떻게든 모면해보려고 갖은 애를 쓰는 것이다.

이번 북선 공연을 준비하면서 이런 생각은 들었다. '앞서 북선 공연을 다녀온 지 얼마나 되었다고 또 이렇게 서둘러 먼 길을 떠나야 한단 말인가.' 지난번 공연에 따른 여독이 아직 풀리지도 않았는데 또 떠나야 했으니 썩 내키지 않았다. 오늘은 이 장터, 내일은 저 장터로 떠돌아다니는 장돌뱅이들의 운명과 우리 대중음악인의 처지는 너무도 흡사하다. 우리도 그들과 마찬가지로 지난번 유랑의 짐 보퉁이를 채 풀기도 전에 다시 봇짐을 꾸려서 떠돌이 행색으로 떠나야만 했기 때문이다.

서울을 떠나기 전에 어딘지 모르게 과도하게 슬프고 처연한 느낌이 들기는 했었다. 마음속에서 '내가 이렇게 점점 늙어가는 것인가' 하고 남모르는 탄식을 했을 것이다. 우리 악극단 딴따라에게는 이처럼 한 곳에 정주하는 삶이 허용되지 않는다. 오늘은 이 마을, 내일은 또 다른 마을을 찾아가 그 낯선 곳에 천막을 치고 어설픈 공연장을 설치해야만 한다. 이동 순회악극단 공연의 모든 책임을 내 한 몸에 지고 이리저리 떠도는 부평초 같은 신세. 그 운명적 처지를 슬퍼하고 탄식한들 무슨 소용이 있겠는가. 서울을 떠나 황해도를 거쳐 평양과 평안남도 여러 곳을 두루 거친 다음 우리는 평북으로 올라갔다.

평안북도는 신의주를 비롯해서 정주, 구성, 의주, 선천 등지를 거치게 된다. 강계, 자성, 후창, 위원, 초산, 희천 일대도 우리가 발자취를 남긴 곳들이다. 경우나 형편에 따라서 해당 지역을 건너뛰거나 한 곳에서 여러 날 머물

기도 한다. 평북 공연을 마치면 함경도로 건너가서 또 여러 지역을 다니게 될 것이다. 때로는 평안북도 공연을 마친 뒤 신의주에서 압록강을 건너 안동으로 넘어가 서간도 일대를 순회 공연하는 일정으로 연결되기도 한다. 서간도를 마치면 동북 간도를 향해 떠나게 되고, 거기서 다시 두만강을 건너 함경남북도 일대를 휘돌아 서울로 복귀하는 코스를 선택하기도 한다. 그때그때마다 경로나 노선도 조금씩 바꿀 수 있다. 미리 정한 경로를 벗어나는 것이 태반이다. 인생길도 그렇지 아니한가. 어떻게 예정했던 경로로만 그대로 따라갈 수가 있겠는가. 그렇게 다녀오는 전체 일정이 짧으면 한 달, 길면 두 달까지 이어지기도 한다. 그러니 이번 공연이 평북 강계극장에서 끝나고 말았으니 서울을 떠난 지 불과 열흘도 채 되지 않았다. 전체 일정 가운데 거의 초입을 채 벗어나지 아니하였다.

아무튼 내 삶의 발자취가 바람찬 평안북도 강계 땅에서 더는 이어지지 못하고 내 심장은 박동을 중지하게 되었다. 나는 내 육신의 두 발로 내 앞길을 스스로 걸어가지 못하게 되었다. 이것이 나에게 주어진 삶의 분량이고 운명의 확실한 구두점(句讀點)이었다. 이제 내 나이는 불과 32세. 아직도 해야 할 일도 많았고, 풀어내지 못한 숙제도 얼마나 많이 남았으리오. 포부와 청춘의 꿈, 내가 쓰려고 했던 가사와 신파극, 스켓취와 넌센스 작품에 대한 크나큰 열망을 나는 아직까지 절반도 제대로 충족하지 못했다. 어찌 이대로 삶을 마무리 지을 수가 있겠는가. 내가 그런 나이가 전혀 아니지 않는가. 하늘이여! 하늘이여! 왜 나를 불과 서른둘에 그처럼 서둘러 거두어 가셨나이까? 대체 그 뜻이 무엇인가요? 어찌 내 말씀에 대답이 없으신가요?

대관절 인간의 죽음과 운명이란 스스로 꺼려서 피하려고 해도 피할 도리가 없는 것이다. 그렇게 떠나도록 나에게 주어진 하늘의 숙명이라면 내가 어찌 그것을 감히 회피할 수가 있으리오. 나는 겸허하게 나를 향해 다가오는 죽음의 무겁고 둔중한 기운을 말없이 받아들였다. 내가 즉각 받아들이지 않으니 죽음의 사자는 나의 호흡을 당장 정지시키고, 내 보행을 비틀거리게 했다. 내 심장은 더 이상 박동을 이어가지 못했으며 나는 답답한 가슴을 부여안으며 헉헉거리다가 그대로 무대 마룻바닥에 쓰러지고 말았다. 그 장면을 다시 떠올려본다면 얼마나 비참하고 초라하며 불가항력이었던지. 내 나이가 불과 지천명(知天命)을 조금 벗어난 지점에 머물러 있었지만 나는 거역할 수 없는 어떤 막강하고 거대한 권능 앞에 어정쩡하게 서 있다가 볼품없이 거꾸러지고 만 것이다. 이러한 존재가 가련한 인간이다.

세상에는 거역할 수 없는 것이 반드시 있으니 어떤 운명적 규모의 실체가 접근해오면 모든 인간은 그것을 참으로 겸손하게 수용해야만 한다. 말없이 기도하는 자세로 그것을 받아들이지 않으면 안 된다. 내가 세상에 태어난 뒤로 내가 다닌 곳이 얼마나 많은가. 내 생애 32년 동안 열심히 찍고 다니긴 했지만 인생을 더 오래 살았던 사람에게 비하면 아직 그 분량이 족탈불급(足脫不及)이다. 내가 다녀본들 얼마나 다녔으리. 그러나 나는 내 삶의 발전과 진보를 위해 나름대로는 꽤나 열심히 살았다고 자부한다. 일본과 만주, 조선의 방방곡곡에 안 가본 곳이 없었다. 때로는 청춘의 호기를 마음껏 부리기도 했다. 그러나 아무리 열심히 내 발자국을 찍어본들 그게 무슨 소용이 있으리. 그게 내 삶에 어떤 가치로 되살아날 수가 있으리.
가련하구나. 나의 인생이여.

　나는 이제 그 모든 것을 말끔히 정리하고 거두어서 아
무런 미련 없이 반납하려고 한다. 나에게 주어졌던 일체
의 시간과 욕망과 지향을 이제는 차분히 빨래나 이불을
개어서 장롱 안에 차곡차곡 갈무리하듯 다시 반납하고 나
는 외로운 나그네가 되어서 머나먼 열명길을 혼자서 떠나
야만 하는 것이다. 이런 점에서 보면 죽음이란 참으로 엄
정하고 무서운 명령이다. 거기에 대해 어떤 개인적 저항
도, 변명도, 이의 제기도 할 수 없다. 오직 침묵 속에서 모
든 것은 명확히 이루어지며 뚜렷한 분별 속에 시시각각
어떤 진행은 이루어진다. 나는 꽤나 분주히 살아온 모습
을 보였지만 결국은 강계극장 무대 위에서 내 삶의 종결
부호를 찍었다. 이것은 그 누구도 예측하지 못한 돌연한
명령이고 엄중한 구획이었다.

　내가 죽었다는 소식을 접한 많은 사람이 크게 놀라고
충격을 받았다고 한다. 하지만 그 충격도 며칠 뒤엔 곧 평
정되고 원래의 모습으로 돌아갈 것이다. 내 육신의 소멸

에 대한 약간의 허전함과 아쉬움을 가졌을 터이나 그것
은 곧 안개처럼 사라지고 만다. 애석한 마음은 잠시. 그
들의 기억 속에 남아 있던 나의 잔상조차 곧 사라지게 되
어 있다. 그게 자연의 이치다. 마치 새벽안개가 오전의 눈
부신 일광 속에 슬그머니 사라지듯이. 나는 이승에 잠시
자취를 남기려 했지만 짧은 시간을 살다가 그것조차 곧
되돌려주고 무대 뒤로 숨어버렸다. 그것은 잠시 출연했
다가 무대 뒤로 사라지는 배우의 활동이나 생애와 무엇
이 다른가.

　누가 내 죽음을 가장 슬퍼하고 연민을 가졌을지 곰곰이
생각해본다. 첫째로는 내 아버지일 것이다. 그분의 몸을
통해 내가 태어났지만 당신보다 내가 먼저 떠나가고 말았
으니 그 비통함이란 어디에도 비견할 수 없으리라. 하지
만 아버지는 주변에 그 연민의 마음을 전혀 내색하지 않
으셨을 것이다. 내가 일찍이 어머니를 잃고 상심에 잠겼
을 때에도 아버지는 나를 거의 위로하지 않으셨다. 스스
로 모든 고통을 극복하도록 한 것이다. 아버지에게 이런
슬픔을 안겨드리고 떠났으니 나는 불효막심한 자식임에

틀림없다. 최소한 아버지보다는 더 오래 살아서 당신의 종생을 거두어드렸어야 마땅한데 그러지 못했으니 말이다. 아버지는 나에 대한 측은한 마음으로 새벽까지 잠을 제대로 이루지 못하시는 날이 많았을 것이라 짐작한다.

아버지 다음으로 내 죽음을 슬퍼하고 비통하게 여겼을 사람은 나품심이다. 그녀는 적어도 부부처럼 함께 살림을 차리고 동거를 했으니 애석한 느낌이 일반인과 달랐을 것이다. 그러나 내 사망 소식을 전보로 받고 즉시 머리를 풀어서 상주의 모습을 갖추었다. 그리곤 소복 차림으로 서울에서 평양까지 빠르게 올라와 장례에 임했던 것이다. 함께 지내며 다투고 싸우기도 여러 번이었지만 내가 죽고 나니 그녀에 대한 미안한 마음이 몹시 크게 치밀어 오른다. 더 잘 해주지 못한 회한이 가슴을 아프게 한다. 이를 세속에서는 미련이라고 일컫는가. 우리는 넌센스나 스켓취 공연에서 아주 멋진 호흡을 맞추었다. 그런 부분에서 우리는 찰떡궁합이었다. 신파극 공연에서도 나품심은 나와 보조를 잘 맞추었다. 폴리돌레코드에서 나품심과 내가 공동으로 음반 작업을 했던 횟수는 참으로 많았다. 그녀와 더 긴 시간을 함께하지 못해 못내 미안하고 애석한 마음이 든다. 하지만 내가 이미 육신을 잃어버렸으니 어떻게 그녀를 위로하고 돌보는 정성을 보낼 수 있을 것인가. 나는 바람결에라도 그녀를 위해 따뜻하고 다정한 마음을 보내고 싶다. 그녀가 이승에서 더 발전하고 큰 명성을 누리는 대중예술가로 성장하게 되기를 기도한다. 나의 생시에 언제나 나를 돕고 나를 위해 온갖 사랑과 위하는 마음으로 감쌌으며 나의 성공을 위해 늘 격려해주던 나의 반려자. 비록 혼례식을 올리지는 못했지만 그녀는 나의 사랑하는 아내였음에 틀림없다.

그다음으로는 누구일까? 별로 가슴에 느껴지지 않는다. 그저 건성으로 나의 죽음을 받아들이며 곧 망각해버리는 사람이 대부분이다. 어차피 세속에서의 관계란 것은 대개 그러한 경우이기 때문이다. 나는 거기에 대해서 가타부타 어떠한 불만도 갖지 아니한다. 이제 저승에 가면 거기서 그동안의 회포를 풀고 눈물로 반가움을 나눌 사람이 많다. 일찍 돌아가신 나의 어머니, 내 친구 이경설, 그리고 나를 거두어 주고 사랑으로 품어준 나의 여러 친구다.

내가 세상을 하직한 지 1년이 되던 1941년 여름, 나를 추모하는 가요 작품인 '오호라 왕평'(조명암 작사, 김해송 작곡, 남인수 노래, 오케 31080)을 오케레코드사에서 제작·발매하였다. 당대 유명 작사가였던 조명암이 노랫말을 짓고, 김해송이 곡을 붙였다. 이 노래를 절창의 가요 황제라 불리는 남인수가 거의 절규에 가까운 흐느끼는 창법으로 불렀다. 나는 이런 음반이 나오게 될 줄을 전혀 예측하지 못했다. 참으로 고맙고 흐뭇한 일이다. 사실 남인수가 이 노래를 부르게 된 것은 어떤 특별한 인연 때문이다. 마산 출신의 처녀 김은하(金銀河)는 무용가 최승희(崔承喜, 1911~1969)의 스승인 이시이 바쿠(石井漠, 1886~1962)의 제자로 일본에서 활동하고 있었다. 그녀가 폴리돌레코드 일본 순회 공연에 초대받아 출연했을 때 내가 눈여겨보았다. 그런데 나는 문득 마산이 고향인 그녀가 진주 출신의 남인수와 잘 어울리겠다는 생각을 하면서 중매를 섰는데, 이게 뜻밖에도 성사되어 두 사람은 혼례를 올리고 부부가 되었다. 나는 이것을 무척 흐뭇하게 여기고 있었다. 아마도 이런 인연 때문에 내가 죽은 뒤 남인수가 나의 추모곡을 부르겠다고 이철 사장에게 자청했을 듯하다.

'오호라 왕평'. 그 눈물겨운 가사를 여기에 옮겨본다. 노랫말에 등장하는 임자는 바로 나를 가리킨다. 무대 공연에 자주 출연했고, 만담, 즉 스켓취나 넌센스 음반에서 대중을 웃겼던 무대인으로서의 내 모습을 마치 한 폭의 그림처럼 가사에 담았다. 전국 순회 공연으로 지샌 나날들에 대한 회고는 물론, 피로와 방황 속에서 혼미한 삶을 살았던 나를 추모하는 내용도 담고 있다. 나도 폴리돌에서 가사를 많이 썼지만 조명암의 작사 실력은 그 누구도 따라올 수 없었다. 그는 상황을 그림처럼 압축해서 선명한 실루엣으로 엮어 보여준다. 이 노랫말도 마치 한 편의 파노라마처럼 선연하게 펼쳐진다.

임자는 무대에서 울기도 했소
그대는 레코드에 웃기도 했소
아 팔도강산 안 간 데 없으련만

어델 가서 찾아보랴 서러운 사람아

- 남인수의 추모곡 '오호라 왕평' 1절

내가 무대에서 울었다는 첫 대목은 여러 악극단 공연과 극장 무대에서의 연극 출연을 가리키는 말이다. 레코드에서 웃었다는 것은 난센스, 스켓취를 비롯한 만담과 신파극 음반에서 활동했던 나의 경력을 일컫는 부분이다. '팔도강산 안 간 데 없으련만'이란 대목은 악극단 순회 공연을 가리키는 말이다. 돌이켜 보면 참으로 얼마나 많은 곳을 누비며 나의 생이 흘러갔던가. 여러 레코드사의 악극단은 모두 이렇게 삼천리 방방곡곡을 다니면서 공연했고, 압록강과 두만강을 건너서 만주벌판을 내 집 안방처럼 누비며 다녔다. 소모와 고초가 얼마나 많았을 것인지 짐작하실 것이다. 바쁘게 오가다 보면 서로 다른 악극단끼리 마주치는 경우도 적지 않았다. 같은 고생을 하고 다니는 부류들이 길에서 만나게 되면 눈물이 쏟아졌다. 장도의 성공을 위해 서로 보듬으며 축복해주었다.

이제 내 육신이 사라졌으니 길에서 우연히 만날 수 있

는 그런 기회마저도 사라져버린 것이다. 오로지 그들의 기억 속에서만 남아 있다. 그러한 기회마저도 없어진 것을 애달파하는 대목이다. 2절에서는 세상길을 넘는 고개의 슬프고 서러운 심정을 쓰고 있다. 인생은 이처럼 악극단의 행보처럼 쓰라리고 고달픈 것이다. 때로는 다른 지역으로 이동하기 위해 시골 간이역 같은 데서 오지 않는 열차를 기다리며 꼬박 밤을 새운 적도 적지 않았다. 그 춥던 밤의 몸서리치는 악몽과도 같은 기억을 어찌 잊겠는가. 열차는 제시간에 오는 법이 없었으며 언제나 연착이거나 결행이 잦았다. 우리는 그런 열차를 기다려서 어렵게 몸을 싣고 또 다른 공연 지역으로 이동해 다녔다. 생전에는 미우나 고우나 서로 볼일이 있을 때 찾아와 만날 수가 있었지만 이젠 그것조차도 불가능하다.

이런 고급스러운 가사를 써서 내 죽음을 위로하고 조상(弔喪)해준 작사가 조명암 시인에게 진정 감사함을 느낀다. 뿐만 아니라 이 가사에 너무도 잘 어울리는 곡조를 붙여준 작곡가 김해송에게도 큰 고마움을 느끼는 바다. 그와 나는 어떤 특별한 정분을 갖지는 않았으니 이 노래 한

곡으로 이젠 돈독한 정을 느끼고 있다. 하지만 내가 육신을 잃어버렸으니 어찌 그와 더불어 세속 시간의 즐거움을 가질 수 있을 것인가.

그러고는 해방 이후로 줄곧 나의 존재는 잊혔다. 점점 기억 속에서 흐릿해졌고, 나를 회고하는 사람은 줄어들었다. 이러한 시기에 1957년 7월 1일, 나의 신파극 작품 '항구의 일야'를 영화화한다는 기사가 경향신문에 보도되었고, 나도 커다란 기쁨으로 그 소식에 관심을 갖게 되었다. 1945년 우리 강토가 일제로부터 속박을 벗어나 해방이 되었고 1950년대 후반이 되었다.

왕평의 '조선 세레나데'

　1989년 9월 26일에는 영천시에서, 내가 태어난 고향인 경북 영천시의 조양공원에 나의 대표곡인 '황성옛터'의 노래비를 건립했다. 이것은 매우 기쁘고 자랑스러운 일이다. 비석의 뒷면에는 '민족의 가슴에 뜨거운 혼을 심은 우리들의 노래 〈황성옛터〉'란 문구가 새겨졌다. 노래비의 뒤로는 유유히 흘러가는 금호강 푸른 물줄기가 그대로 보여서 가사를 감상하는 데 은은한 도움을 준다.

　1996년에는 내 고향 영천에서 이 고장 출신인 대중문화 위인의 업적을 기린다는 취지로 내 이름을 앞세워 '제1회 왕평가요제'를 열었다. 해마다 개최되는 이 가요제가 올해로 몇 번째 행사인가. 행사가 열리는 것은 좋지만 단지 내 이름만 이용하며 실질을 빛내지 못하는 것은 재고해야만 한다. 2008년에는 내가 태어난 100주년을 맞이하여 영천시에서는 교촌동 일대의 도로 명을 '왕평 길'로 제정했다. 이는 참 자랑스러운 일이다.

2010년에는 한국의 대중음악사를 연구하는 시인 이동순(李東洵) 교수가 나의 생애와 활동을 총체적으로 다듬고 정리해서 공들여 집필한 평설이자 논문인 「1930년대 식민지 대중문화 운동의 성격과 방향-최초로 발굴·정리되는 왕평 이응호의 생애와 활동」을 발표하기도 했다. 나의 발자취에 대한 최초의 연구 성과로 몹시 흐뭇한 일이라 하겠다. 2014년에는 내 무덤이 있는 경북 청송군 파천면 송강리의 수정사로 진입하는 입구 국도변에 '황성옛터'의 노래비를 청송군에서 건립했다. 멀리서 봐도 한눈에 들어오는 거대한 규모인데 가까이 가서 보면 비석의 아름다움이나 짜임새가 많이 부족해 보인다.

경북 청송군에서도 내 무덤으로 오르는 수정사 입구 국도변에 거대한 암석으로 제작한 노래비를 세웠다. 아마도 입구 표시를 하기 위한 것일 텐데 처음 찾는 방문객이 길을 헤매지 않도록 배려한 것으로 보인다. 그 우뚝한 비석의 모습이 멀리서도 행인의 눈에 잘 띈다. 2015년에는 내 일대기를 처음으로 정리한 이동순 시인의 주도로 나의 무덤 앞에 조촐한 묘비를 세웠다. 봉분조차 없는 내 무덤, 그리고 내 무덤 자리의 옆에는 어떤 낯선 사람이 몰래 그들 가족의 시신을 도장(盜葬)한 봉분이 그대로 남아 있다. 누구의 것인지도 모른다. 처음 오는 사람들은 그 무덤을 내 무덤으로 착각하기도 한다.

아무튼 이동순 시인이 세운 묘비 앞면에는 '왕평 이응호지묘', 뒷면에는 '황성옛터 시인'이라 새겼다. 나는 정식으로 문단에 등단했던 시인이 아니다. 그러나 그토록 험난했던 20세기 초반, 한반도 식민지 백성들의 고단한 영혼을 노래로 위로하는 작품을 발표해서 등단 시인보다 더 큰 공적을 쌓았다며 이동순 시인은 나에게 '황성옛터 시인'이란 칭호를 붙여주었다. 두근거림을 멈춘 지 오래된 내 가슴이 쿵쿵 뛸 정도로 기쁘고 감격스럽다. 묘비의 글씨는 서예가 김양동(金洋東)이 썼다. 청송군에서 수정사 입구에, 이동순 시인이 나의 약력을 적은 안내판을 세웠다. 무덤은 초라하지만 원형 그대로 보존하고 묘소로 오르는 돌계단을 말끔하게 정비했다. 이동순 시인은 망각 속에 파묻힌 나의 삶과 존재를 대중문화사에 다시 조명하게 해 준 분이다. 너무도 고마운 일이다. 그 은혜를 무엇으로 갚을 수 있으리.

한편 2015년 대구MBC에서는 TV 다큐멘터리로 제작한 '왕평의 조선 세레나데' 프로를 방영했다. 권병진 PD가 주도하여 만든 이 다큐 프로는 나의 출생에서부터 서울과 일본 만주 등지의 내 발자취를 찾아서 정리한 나로서는 매우 뜻깊은 방송 작품이다. 가요사 연구가 이동순 시인이 발표한 논문의 내용을 바탕으로 엮어갔다. 이 시인은 이 프로에 출연해서 방송사의 여러 인터뷰와 증언에 응했다. 대구MBC HD 특별기획, '왕평의 조선 세레나데' 이것이 본 제목이다. 권병진 연출, 성주영 구성, 해설은 탤런트 신구(申久, 1936~)가 맡았다. 방송국에서는 다음과 같은 내용을 시청자들에게 미리 알렸다.

왕평의 조선 세레나데/ 2011. 3. 31.(목) 방송

일제 암흑기, '조선의 세레나데'로 불리며 민족의 애환을 달랬던 노래, '황성옛터'

나라 잃은 설움을 에둘러 표현한, 주옥같은 가사를 쓴 왕평. 그는 그 시절 대중문화계의 중심에 있었다. 작사가이자 극작가, 만담가, 연극배우이자 영화배우였던 왕평은 여러 대중매체를 통해 대중의 삶을 혁신할 수 있다는 신념을 가지고 꾸준히 밀고 나갔던 대중문화인이었다.

본 프로그램에서는 32세의 나이로 연극 무대에서 사라져간 왕평의 불꽃 같은 삶과 민족의 노래로 한국인의 가슴속에 지금도 흐르고 있는 '황성옛터'의 탄생에서부터 일제에 의해 금지곡이 되고, 이후 수많은 가수가 리메이크하기까지 이 노래가 갖는 사회·문화적인 의미와 그 생명력을 소개하고자 한다.

특히 '황성옛터'의 SP 원판이 취재팀의 추적 끝에 방송 최초로 공개된다. 또한 알려지지 않은 황성옛터에 얽힌 이야기들과 왕평의 일본 관련 기록들, 왕평의 실제 목소리와 얼굴이 그의 노래와 영화를 통해 생생하게 소개된다.

1930년대 우리나라 대중가요 전성기를 주도한 '황성옛
터'. 왕평의 조선 세레나데는 '2010년 제1회 대한민국 대중
문화예술상 보관문화훈장'을 수상한 탤런트 신구가 내레
이션을 맡아 그 시절 이야기를 정겹게 들려준다.

전체 촬영 내용을 살펴보면 영천에서는 경북 영천시 영
천읍 성내동의 내가 태어난 집, 영천 조양공원(영천시 창
구동 1번지)의 '황성옛터' 노래비, 그리고 영천시 교촌동
일원의 도로 명 '왕평 길' 등을 두루 찍었다. 청송에는 내 5
세에서 7세까지의 추억이 어린 청송군 파천면 송강리의
사찰 수정사와 그 아랫마을 길가를 먼저 화면에 담았다.
두 번째로는 청송군 파천면 송강리 31번 국도변(수정사
입구)에 있는 송강리 솔밭에 건립한 '황성옛터' 노래비다.

그다음으로는 청송군 파천면 송강리 3번지, 수정사 입
구 산기슭에 있는 초라한 무덤 모습이다. 수정사의 주소
지는 청송군 파천면 송강리 7번지인데 내 아버님께서 승
려로 머무셨던 곳이기도 하다.

2010년 10월 2일(토) 저녁 7시에는 영천역 광장에서 열린 제15회 왕평가요제 현장 모습도 촬영했다. 뿐만 아니라 이동순 시인 주관으로 내 무덤 앞에서 진행된 묘비 건립 행사 광경도 직접 입회해서 전체 영상을 카메라에 담았다. 내 무덤 앞에서 이동순 시인은 "70년 만에 이 황폐한, 그야말로 묘소가 황성옛터가 되어버린 이 현장에 와서 작은 묘비를 한 덩이 돌로 세우는 그 감회는 이루 말로 형언할 길이 없습니다"라고 자신의 소감을 말했다. 그는 내 무덤을 돌며 '황성옛터'의 구슬픈 곡조를 아코디언으로 직접 연주했다. 무덤 속에 누워서 나는 내 노래의 곡조를 들으며 흐느껴 울었다. 지금은 세상을 떠난 나의 후배 작사가 반야월(半夜月, 본명 박창오, 1916~2012)은 그날 대담에서 이렇게 말했다.

서울 단성사, 거기서 '황성옛터'를 부르는데, 객석에서 손님까지 전부 일어서서 합창이 됐단 말이야, 합창, 합창으로 노래를 부르니까 극장이 떠들썩할 것 아니야. 그때는 일본 순경이 언제든지 감시원으로 와있었다고. 옛날에는 구경꾼들이 객석에서 들고 일어나 합창하고 이애리수 선생도 합창하니까 극장이 떠들썩하거든. 그러니까 호루라기를… (불면서) 막 내리라고, 막 내리라고. 그렇게 야단맞은 노래야, 그 노래가. 그 노래가 그런 노래야. 민족의 노래….

- 작사가 반야월 인터뷰 중에서

한편 촬영 팀은 영천시청 민원실을 방문해서 내 호적등본을 열람하고, 나의 모교인 서울 배재중학교를 방문하여 혹시나 남아 있을지도 모르는 졸업생 명부나 생활기록부 따위를 찾아다녔다. 대구에 거주하는 내 아우 웅린을 찾아가 면담을 통해 가족사진을 건네받거나 증언을 청취하려는 노력을 했다. 이동순 시인이 소장하고 있는 '황성의 적' 음반 실물과 그 재생 음원을 직접 녹음하였다. 이후 최규성(전 한국일보 기자)이 소장하고 있는 폴리돌레코드 도쿄 공연 포스터 자료를 촬영했다. (사)한국연예인예술인협회 영천지부에서 제작한 '왕평 선생 100주년 기념 음반' 사진을 찍고 내용을 청취·녹음했다. 일본에까지도 가서 내가 잠시 살던 곳과 빅타레코드 본사에 혹시라도 남아 있을 음반 흔적을 찾아다녔다.

다시 돌려보는 옛 필름

내 아우 응백(應伯)은 1936년에 태어났다. 그 세 살 아래로 응용(應容)이 있으니 내 형제들은 모두 세상을 떠나고 이제 1934년생의 여동생 응화(應花)까지 셋만 남았다. 내가 일찍이 고향 영천을 떠나 서울로 갔으므로 내 아우들은 모두 그 이후에 태어났다. 그것도 영천이 아니라 청송의 파천면 송강리 골짜기에서 그들은 출생했다. 왜냐하면 아버지가 거처를 영천에서 그곳으로 완전히 옮기셨기 때문이다.

나는 악극단 일로 아무리 바빠도 매년 설과 한가위 명절에는 꼭 청송으로 내려갔다. 서울에서 청송까지 가는 길은 무척이나 멀고 험했다. 일단 경성역에서 중앙선 열차를 타고 안동으로 내려간다. 시간이 많이 걸리니 청송 가는 날은 아주 이른 아침 열차를 타야만 해서 일찍부터 서둘렀다. 안동에 도착하면 청송으로 가는 정기 차편이 없다. 버스가 있긴 하지만 하루에 딱 두 번만 왕래하니 그 시간을 맞추기란 불가능했다. 그래서 가장 편한 방법이 산중에서 목재를 벌채(伐採)하러 떠나는 산판 자동차를 얻어 타고 청송군 진보면까지 가는 것이다. 그게 한결 쉽고 편리했다.

무슨 일인지 당시에는 산판 자동차가 아주 흔했다. 경북 청송뿐만 아니라 태백산맥 일대의 깊은 산 울창한 숲은 몇 년간에 걸친 집중적인 산판으로 차츰 헐벗기 시작했다. 일제는 조선의 산중에서 좋은 재목을 벌채하여 일본으로 계속 반출했다. 중일전쟁과 태평양전쟁을 준비하기 위한 전초 단계인지도 몰랐다. 일단 산판 자동차를 만나면 운전기사나 조수에게 청송 진보까지 함께 타고 가고 싶다는 뜻을 전한다. 그러면 얼마간의 비용을 요구한다. 이따금 인심 좋은 운전기사를 만나면 아무런 비용 부담 없이 그냥 타고 진보까지 단숨에 내려갈 수 있었다. 그것은 나에게 하나의 횡재(橫財)였다.

진보에 도착하면 허기가 느껴지고 배가 고파진다. 우선 진보장거리의 주막집에 들어간다. 김이 설설 피어오르는 커다란 가마솥에는 보나마나 쇠고기 장국이 끓고 있다. 그 장국에 밥을 말아서 먹거나 아니면 순식간에 먹어치울 수 있는 누른 국수가 적당하다. 장국밥에는 소피를 넣어서 끓인 선지가 커다란 덩어리로 들어 있었다. 매달 3일과 8일에 열리는 진보 5일장은 물화가 많고 주변 일대의 농민들이 한꺼번에 많이 모이는, 전국적으로도 유명한 시골장이다. 장꾼들은 나귀에 등짐을 싣고 진보 장으로 몰려든다. 만약 장날 이곳을 들리게 되면 구경거리가 많았다. 이곳저곳 기웃거리며 구경 다니다 보면 시간 가는 줄 몰랐다. 특히 온갖 재주를 부리는 풍각쟁이와 시골 왈패 소리꾼들의 즉석 공연은 좋은 볼거리였다. 나 역시 서울의 유랑연예패 중의 한 사람이라 그들의 공연을 눈여겨보았다.

일단 고픈 배를 채우고 나면 걸어서 송강리의 수정사를 향해 농로와 산길을 터벅터벅 걸어간다. 거의 십리 길이었다. 신작로 길이 있지만 일부러 내가 잘 아는 지름길로 갔다. 멀고도 험한 길이지만 아버지와 새어머니, 그리고 내 아우들을 만나러 간다는 기대와 기쁨이 그 어떤 고통도 잊게 했다. 웅백이 태어나 세 살이 되던 1939년, 나는 어린 아우가 보고 싶어 서둘러 청송으로 내려갔다. 일단 아버님께 큰 절로 문안 인사를 드린 다음, 아직 아기티를 벗지 못한 웅백에게 다가가 아장아장 걷는 아우를 번쩍 들어서 안았다가 등에 업었다. 어찌 그리도 귀엽고 예쁘던지…. 친동기간의 핏줄이란 이렇게도 엄정하고 무서운 것이다. 아우를 등에 업으면 어떤 후끈한 전류 같은 것이 전해져 왔다. 남들에게서는 전혀 느낄 수가 없는 특별한 강점이다.

서울에서는 그토록 자주 느꼈던 고독감이 집에 돌아와 가족들을 만나게 되면 순식간에 사라지고, 오로지 행복한 마음, 흐뭇한 심정만 가슴에 가득 흘러넘쳤다. 나는 어린 아우 웅백을 등에 업고 둥게둥게하면서 송강리 마을을 오르내렸다. 마을이라 하지만 고작 서너 채밖에 되지 않는 외딴 산촌이다. 철부지 아우는 내 등에 업혀 그저 신이 나서 까르르 웃고 즐거워했다. 이런 내 모습을 보면서 아버지도 새어머니도 즐겁고 흐뭇한 미소를 지었다. 내가 일찍 장가를 들었다면 진작 이런 아들이 있었을 터이다. 그래서인지 웅백은 지금도 자기를 등에 업어준 나를 끔찍이 생각하며 그리워한다.

아버지는 내가 청송에 내려올 때마다 나의 근황에 대해 이것저것 물으셨다. 워낙 유학에 전념해온 분이라 아들이 대중문화판에 들어가 전국을 돌아다니는 것을 속으로 무척 언짢아하셨다. 예전 조선시대의 광대패나 풍각쟁이를 떠올리시는 듯했다. 일가친척들이나 주변 사람들에게 그렇게 알려지는 것을 무척이나 불편해하시는 눈치였다. 한번은 이렇게 말씀하셨다.

"네가 전국을 그렇게도 바쁘게 다닌다고 하니 무엇보다도 건강이 가장 염려되는구나."

"네 몸을 돌보아줄 사람이 없으니 식사 때마다 끼니를 절대 거르는 일이 없도록 해라."

악극단 떠돌이로 나날을 보내는 아들의 일상을 가장 염려하셨다.

그런 아들이 불과 삼십 대 초반의 나이에 결국 바람찬 북방의 어느 산골, 쓸쓸한 무대 위에서 돌연히 세상을 하직했다는 급보를 들으시고 얼마나 놀라며 상심하셨을 것인가. 당신께서 늘 걱정하던 것이 기어이 일어나고 말았다는 생각을 먼저 하셨으리라. 그게 세상 모든 부모의 공통된 심정일 것이다.

아버지는 아들의 비보를 듣고 의장을 갖추어 서둘러 서울로 올라오셨다. 내가 서울에서 안동을 거쳐 산판 화물차를 타고 진보로 가서 도보로 송강리까지 당도하듯 아버지는 그것을 거꾸로 해서 힘들게 상경하신 것이다. 즐겁고 기쁜 일도 아니고 아들의 영결식에 참석하러 서울로 오시던 아버지의 심정이 어떠했을까를 지금 곰곰이 생각해본다. 가슴이 천 갈래, 만 갈래로 찢어지셨을 듯하다. 아버지는 태고사(지금의 조계사)에서 열린 장례식을 모두 참관하시고, 내가 살던 곳을 방문하셔서 나의 유품을 손수 정리하셨다.

워낙 떠돌이로 살아온 나이기에 무슨 물건들이 그리 많지 않았다. 가장 많은 것은 책이었다. 내가 워낙 책을 좋아해서 대중문화와 관련한 신간 서적이라면 곧바로 구입해서 읽었다. 게다가 동서고금의 철학 서적에도 관심이 있어서 사서삼경(四書三經)이나 제자백가(諸子百家)의 해설서를 즐겨 탐독했다. 일본의 문예 잡지는 아예 정기구독을 했으니 방안의 물품들이란 대개 책더미라 해도 과언이 아니다. 아마도 천 권은 족히 넘었으리라. 서울에서 아들 장례식을 모두 참관하신 뒤 내 방에 들러 옆에 있는 나품심에게 그 모든 책을 처리하라고 일렀다. 정식 혼례를 올리진 않았지만 아들과 함께 살며 뒷바라지를 도와준 나품심의 뒷모습을 보면서 아버지는 어떤 생각을 하셨을까? 몹시 측은하기도 했을 것이고, 불쌍하며 가여운 마음이 많이 드셨으리라.

내가 보던 그 책들 가운데서 두 권으로 된 한문본 『삼국지(三國志)』를 집어서 당신 가방에 넣어 청송으로 돌아왔다. 아버지는 틈날 때마다 그 책을 즐겨 읽으셨다고 한다. 나품심은 내가 남긴 유품인 그 많은 책을 트럭에 실어서 조선총독부 도서관으로 보내었다. 그렇게 정리하지 않고 달리 무슨 방법이 있었을 터인가. 일부러 그곳을 찾아가 직원에게 뜻을 전하니 차편을 내어주었다. 그 도서관이 지금의 국립도서관이다.

아우 응백은 10대 초반에 아버지를 따라 수정사 맞은편 산기슭의 내 무덤을 찾아온 적이 있다. 그날 아버지께서는 어린 응백에게 이렇게 말씀하셨다.

"바로 여기가 네 둘째 형님이 묻힌 곳이다."

응백은 내 무덤 앞에 세워진 목비를 보았다. 거기엔 붓으로 아버지가 직접 쓰신 '왕평이응호지묘(王平李應鎬之墓)'란 선명한 글씨가 있었다. 하지만 이제 그 목비는 세상에 없다. 나무가 산중에서 여러 해 비바람을 겪으며 젖었다 말랐다를 거듭했으니 목비의 아래쪽부터 부식(腐植)이 시작되었을 터이다. 석재도 아니고 나무에 불고했으니 고작 몇 해를 버틸 수 있었겠는가. 아버지도 세상을 떠나시고, 아버지 글씨가 희미하게 남아 있던 목비도 사라졌다. 아우의 기억 속에만 아련히 남아 있다. 이 세상 모든 것은 이렇게 소멸되기 마련이다. 무엇을 달리 안타까워하고 그 무엇에 미련을 가질 까닭이 있겠는가.

아버지가 서울에서 청송으로 아들 유골을 안고 내려올

때의 모습이다. 아버지는 내가 악극단 떠돌이로 부평초처럼 전국을 다닐 때 내 일상용품을 넣어서 갖고 다니던 커다란 보스톤백을 따로 챙기셨다. 거기다 앞서 말한 『삼국지』 두 권과 '폴리돌레코드사 문예부장'이라고 새겨진 아들의 명패를 담았다. 그 명패는 폴리돌 본사에서 만들어 보내준 것으로 사무실의 내 책상 위에 놓여 있던 것이다. 그리고 나의 앨범 속에서 서울의 여러 연예인 벗과 함께 찍은 아들의 사진 여러 장도 함께 챙겨서 왔다. 그 유품을 아버지께서는 송강리 마을에 있는 사찰인 수정사에 차려놓은 아들의 영가(靈駕) 앞에 가지런히 놓아두셨다. 내 위패에는 '왕평 이응호 영가'란 아버지의 글씨가 새겨져 있었다.

　나품심은 서울에서 영결식을 마치고 대중연예인 약 스무 명과 함께 전세버스 편으로 내려왔다. 그들은 경북 청송군 파천면 송강리 그 궁벽한 산골짜기를 생전 처음 와 보았을 것이다. 나의 벗들은 수정사 명부전에 설치된 나의 영가를 참배하고 그 맞은 편 북쪽 산기슭에 초라하게 조성된 내 무덤을 찾은 뒤 다음 날 돌아갔다. 그날 참석한 벗들이 누구인지 일일이 기억하지 못한다.

나품심이 그들 모두를 책임자로서 인도했고, 나의 다정한 벗 김용환, 신 카나리아, 작곡가 전수린, 조선배우학교의 동기생들인 배우 이금룡, 박제행, 방평산의 얼굴이 떠오른다. 신일선, 변기종, 신은봉, 전옥, 복혜숙도 그 바쁜 중에 일부러 함께 청송을 다녀갔다. 지계순, 박정옥, 이윤옥, 진정심, 우애련 등은 나품심의 친한 벗들이라 함께 내려왔다. 안세민, 서옥정도 생각난다. 그들 모두에게 뒤늦은 감사의 마음을 전한다. 모든 것이 제대로 갖추어지지 못한 시골집에서 씻지도 못했을 것이다. 서울에서 청송까지 그 먼 길을 고르지 않은 신작로 길에 온몸이 좌우로 마구 들썩이며 흔들리는 심한 불편을 겪으며 다녀갔을 것이니 말이다. 산골 내 본가에서 밤을 지내고 그들은 이른 아침에 일어나 개울물에서 소쇄(掃灑), 즉 양치와 세수를 했을 것이다. 온통 녹음이 우거진 주변의 푸른 산천이 서울에서는 볼 수 없는 풍경이라 다만 거기서 청정한 기분은 느꼈을 듯하다.

그날 함께 청송으로 내려왔던 내 벗들도 이젠 모두 세

상을 하직한 지 오래다. 송강리 산기슭에 내 무덤이 만들어진 뒤로 아버님도 기어이 세상을 떠나셨고 나의 여러 아우도 이미 고인이 된 지 오래다. 이제 그 누가 내 유택을 기억이나 하리오, 경주 건천 출신의 청록파 시인인 박목월이 6·25전쟁이 끝난 지 거의 10년이 지난 1950년대 후반, 내 무덤을 일부러 찾아와 참배하고 간 적이 있다. 참으로 고마운 일이었다. 하지만 그 후로 이곳은 또다시 적막강산이다. 늘 뻐꾸기 울음만 들으며 덧없는 세월이 구름처럼 흘러갔다. 그런데 뜻밖에도 이동순 시인이 수년 전 내 아우 웅린과 함께 이곳을 다녀갔다. 얼마나 반갑고 놀랐는지 모른다. 나는 땅속에서 놀라 일어나 내 무덤 위에 비스듬히 앉아서 이 시인이 연주하는 아코디언 연주를 들었다. 내가 지은 노래인 '황성옛터'였다. 나는 무덤 위에 앉아서 하염없이 눈물만 흘렸다. 그리고 그 이후에 조촐한 비석도 세워졌다. 그 비석에는 나를 뜻하는 '황성옛터 시인'이란 글귀가 새겨졌다. 나를 호칭하는 그 말이 나는 너무너무 기쁘고 흐뭇하다. 나를 기억하고 또 찾아오실 귀한 분들은 누구일까?

세상은 어차피 잠시 머물다 가는 곳. 나는 그 무대 위에서 잠시 노닐다가 그 벗들보다 조금 더 먼저 떠났을 뿐이다. 그러니 내 죽음을 절대 슬퍼하지 말라.

에필로그

　내 짧았던 삶은 한 토막의 연극과도 같다. 삶이 연극인
가. 연극이 삶이런가.

　나는 지난 삶을 돌이켜 반추해보면서 인간의 삶이란 것
이 어찌 이다지도 연극과도 같은 것인지 절감하는 바다.
내가 그토록 몰두했던 한국의 대중연예판, 연극으로 시
작해서 레코드음반 발매, 만담 대본 쓰기와 직접 출연, 가
사 쓰기와 신진 가수의 발굴, 영화배우 출연, 각종 무대 행
사의 기획 등등. 이 모든 것은 누구를 위하고 무엇을 바라
는 것이었나. 나는 무엇을 위해 살았던가. 깊은 밤 가만
히 생각해보면 모든 것이 덧없고 무상하며 한탄스럽기만

하다. 나에게 다시 삶이 주어진다면 이제는 아등바등 살고 싶지 않다. 그저 내 앞의 것을 즐기고 긍정적으로 받아들이며 느긋한 삶을 살아가고 싶다. 32년의 세월은 나에게 너무도 짧았다. 나는 포부도, 하고 싶었던 일도 많았지만 제대로 해보지도 못한 채 중도에 모든 것이 꺾이고 말았던 것이다. 이런 말을 하는 걸 보면 나는 아직도 청년기의 의욕으로 가득 차 있다. 우선 이 욕심부터 버려야 하는데도 말이다.

경북 청송군 파천면 송강리에 있는, 수정사 맞은 편 산기슭의 내 무덤은 북향이다. 종일 햇볕이 들지 않고 어두컴컴하다. 여름이 가고 가을색이 빨리 짙어지는 곳이기도 하다. 상수리나무 잎들이 일찍부터 시들어 마치 나의 운명처럼 내 무덤 위에 툭툭 떨어진다. 낙엽 지는 가을날 내 무덤을 다녀가시는 분들은 알 것이다. 어찌하여 '황성옛터'의 작사자인 왕평 이응호의 무덤과 가사의 내용이 이리도 꼭 같은가를 탄식하리라.

내 무덤은 인생의 슬픔과 덧없음을 깨닫는 곳으로 아주 적절한 장소다. 오서서 다만 눈물만 짓지 마시고 내가 지은 노래 '황성옛터'를 나직한 음률로 읊조려보시기를 바란다. 혹시 가수 조용필이 부른 '황성옛터'를 그 자리에서 한 번 들어보시기를 권한다. 판소리 창법의 애끓는 조용필 노래는 들을 때마다 눈물이 난다. 그리고 준비해온 술이 있거든 내 무덤 앞에 가만히 한잔 부어주시기를….

대구MBC 녹화 팀은 갸륵한 뜻을 품고 다큐멘터리 '왕평, 조선 세레나데'를 제작·방영했다. 가요 '황성의 적'을 내가 작사하고 전수린이 작곡하는 장면, 내가 전수린과 함께 개성 만월대를 찾은 장면, 단성사 공연장에 이애리수가 등장해 노래를 부르고 객석이 눈물바다가 되는 장면, 내가 일본 경찰서로 호출당해 취조받는 장면, 평북 강계극장 무대에서 연기 중에 쓰러지는 장면 등등을 배우들의 연기로 재현하고 이를 녹화했다. 참으로 자랑스럽고 아름다우며 감동적인 추억이다. 한 대중예술인의 전 생애를 이토록 크고 빛나는 성과로 재조명해준 방송사가 어디 흔한가. 그 점에서 대구MBC 제작진의 선택과 결정에 크게 감사하며 박수를 보낸다.

내 활동의 발자취는 주로 대중가요 노랫말 쓰기, 만담

대본 쓰기와 출연, 악극단 공연, 연극과 영화 작품의 출연 등으로 정리된다. 내 고향 영천에 한국대중문화연구원이 건립되어 우리나라 대중문화 발전의 중추로 기능하게 되기를 바라는 것이다. 청년들로 중심이 된 한국개그경연대회가 영천에서 열리고 전국의 청년들이 이 무대에 출연해서 이 땅의 개그문화 발전을 위해 영천 지역이 하나의 중심 터전으로 발돋움하게 된다면 그 얼마나 감격스러운 일이겠는가. 영천은 분명히 그런 청년문화의 소중한 베이스캠프가 될 수 있다. 나는 그런 날을 진심으로 바라고 또 바라는 것이다.

한민족의 정체성을 만든 인물들을 통해, 삶의 지혜와 미래의 길을 연다.

고대 신화가 아니라 실재했던 한겨레의 국조

나는 **단군왕검** 이다

서로 잘 어우러져 하나가 되는 홍익인간 공공사회를 일구었노라

"나는 임금이 되어 우리 겨레를 홍익인간의 삶으로 이끌려 애썼다 그러면서도 자연의 원리에서 떠나지 않으려 했다. 융통성을 바탕으로, 공동체를 사안에 따라 매우 유연하고도 능란하게 운영하려고 했다. 반란과 대홍수를 이겨내고 모두 하나가 되는 공공사회를 일구었노라."
- 단군왕검이 독자에게 -

박선식 지음 | 값 14,800원

근대 삼한갑족 노블레스 오블리주의 대명사

나는 **이회영** 이다

동서고금을 통해 해방운동이나 혁명운동은 자유와 평등을 추구하는 운동이었다.

"한 민족의 독립운동은 그 민족의 해방과 자유의 탈환을 뜻한다 이런 독립운동은 운동 자체가 해방과 자유를 의미한다. 태고로부터 연면히 내려온 인간성의 본능은 선한 것이다."
- 이회영이 독자에게 -

이덕일 지음 | 값 14,800원

근대 육성으로 직접 들려주는 독립군의 장군 일대기

나는 **홍범도** 다

내가 오지 말았어야 할 곳을 왔네, 나를 지금 당장 보내주게

야 이놈들아, 내가 언제 내 흉상을 세워 달라 했었나. 왜 너희 마음대로 세워놓고, 또 그걸 철거한다고 이 난리인가 내가 오지 말았어야 할 곳을 왔네. 나를 지금 당장 보내주게. 원래 묻혔던 곳으로 돌려보내주게. 나는 어서 되돌아가고 싶네.
- 홍범도가 독자에게 -

이동순 지음 | 값 14,800원

근세 여성 최초 상인 재벌과 재산의 사회 환원

가난을 돌이킬 수 없는
수치로 여겨라

나는 김만덕 이다

어진 사람이 나랏일에 간여하다가도 절개를 위해 죽는 것이나,
선비가 바위 동굴에 은거하면서도 세상에 이름을
떨치게 되는 건, 결국 자기완성이 아니겠느냐.
여성의 몸으로 내가 상인으로 나선 이유도
이와 다르지 않다."
- 김만덕이 독자에게 -

박상하 지음 | 값 14,800원

근대 지킬 것은 굳게 지킨 성인군자 보수의 표상

'완전한 인간'을 위한
자기 단련의 길이 나 퇴계다

나는 퇴계 다

"나는 책이 닳도록 수백 번을 읽었다. 그랬더니 글이
차츰 눈에 뜨였다. 주자도 반복해서 독서하라고
이르지 않았던가? 다른 사람이 한 번 읽어서 알면,
나는 열 번을 읽는다. 다른 사람이 열 번 읽어서
알게 된다면, 나는 천 번을 읽었다."
- 퇴계가 독자에게 -

박상하 지음 | 값 14,800원

근대 보수의 대지 위에 뿌린 올곧은 진보의 씨앗

바꾸자는 개혁의 길
너의 생각이 나 율곡이다

나는 율곡 이다

"나라는 겨우 보존되고 있었으나, 슬픈 가난으로
시달리는 백성들은 온통 병이 깊어 숨이 넘어갈
지경이었다. 백척간두에 선 채 바람에
이리저리 위태롭게 흔들리고 있었다.
내가 개혁을 외치고 나선 이유다."
- 율곡이 독자에게 -

박상하 지음 | 값 14,800원

 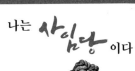
 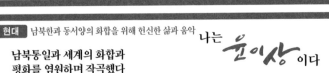

현대 모국어로 민족혼과 향토를 지켜낸 민족시인

나는 **백석** 이다

깊은 슬픔을 사랑하라

분단의 태풍 속에서 나는 망각의 시인이었다.
하지만 한국의 독자들은 다시 내 시에 영혼의 불을 지폈다.
나는 언제나 외롭고 높고 쓸쓸한 시인이다.
- 백석이 독자에게 -

이동순 지음 | 값 14,800원

고대 신라의 중흥을 이룬 대장군

나는 **이사부** 다

위대한 장수는 싸우지 않고 이기는 전투를 한다

전장에서 적을 베는 것보다 싸우지 않고 이기는 장수가
지혜로운 장수다. 적국의 백성도 나라를 달리하면
모두 제 나라의 백성이다. 권력을 탐하는 자는
신의를 저버리나 백성은 그저 순리에 따를 뿐이니,
현명한 장수는 백성을 살리는 전투를 한다.
- 이사부가 독자에게 -

김문주 지음 | 값 14,800원

고대 민족의 고대사를 개창한 건국 여제

나는 **소서노** 다

내가 바로 고구려, 백제를 건국한 왕이다

"나는 졸본부여의 왕재로 태어나, 추모와 함께 고구려를
건국하였으며 다시 두 아들과 함께 남하하여 백제를 건국하였다.
역사서에 나를 일컬어 왕이라 하지 않았으나,
엄연히 나라를 개창하여 백성들을 위한 정치를 펼쳤으니
더 이상 나의 존재를 부정할 수 없으리라."
- 소서노가 독자에게 -

윤선미 지음 | 값 14,800원

중세 귀주대첩으로 고려를 구한 구국의 영웅

나는 강감찬 이다

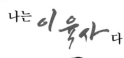

11세기 동북아의 국제질서를 뒤흔들어놓은 귀주대첩

"거란의 2차 침입 때 대신들이 항복을 말했지만
나는 항복은 안 된다고 외쳐 위기를 넘겼다. 동북면병마사,
서경유수로 재직하면서 거란의 재침에 철저히 대비한
나는 거란의 3차 침입 때 귀주 벌판에서 적을 전멸시켰다.
고려는 막강한 저력을 바탕으로 거란, 송나라와
대등한 외교를 펼치며 평화를 누렸다."
- 강감찬이 독자에게 -

박선욱 지음 | 값 14,800원

근대 꺾이지 않는 마음으로 행동했던 시인

나는 이육사 다

**인간다운 삶을 위한 해방,
완전한 독립을 위하여!**

"나는 꺾이지 않는 마음이다. 의열단 군관학교 출신의 독립운
비밀요원으로, 감옥에서 죽어가는 순간에도 시를 썼던 시인!
내가 꿈꾸었던 것은 자유롭고 평화로운 세상이었다.
인간다운 삶을 위한 해방, 완전한 독립을
완성하는 것은 이제 그대들의 몫이다."
- 이육사가 독자에게 -

고은주 지음 | 값 14,800원

근대 식민지시대 대중문화운동의 진정한 선구자

나는 왕평 이다

너희가 '황성옛터'를 아느냐

나라 잃은 시대, 나는 민족 저항의 노래인 '황성옛터'
한 곡으로 겨레의 영혼에 불을 지폈다.
그 불이 꺼지지 않고 오늘에 이르렀다.
지금 그 불꽃은 꺼졌는가?
여전히 활활 타고 있는가?
- 왕평이 독자에게 -

이동순 지음 | 값 14,800원